SITUATIONS
DÉLICATES

SERGE Joncour

SITUATIONS DÉLICATES

ROMAN

Avertissement

Quarante-cinq tableaux sur la gêne qui agissent à la façon d'un souvenir personnel.

TU VAS PAS ME CROIRE

De tous ces moments de gêne que la vie suppose, il en est de bien plus incommodants que les autres, bien plus délicats. Ainsi cet ami que vous avez là devant vous, que depuis plus de vingt ans vous considérez comme tel, un être qui en sait aussi long sur vous que vous en taisez sur lui, voilà que pour la première fois il vous met mal à l'aise, il vous déconcerte littéralement. Vous aurez pourtant tout connu avec lui, tout expérimenté, il fut même un temps où vous vous promettiez l'un l'autre de faire toutes sortes de révolutions, des insurrections jusque-là passagères, mais poussées jusqu'à très tard dans la nuit.

En parlant de lui vous dites toujours mon pote, comme s'il n'y en avait qu'un, avec cette exclusive qui fait de lui un frère. Seulement, vingt ans ou pas, voilà que ce soir le frangin vous flanque un sérieux coup de doute, qu'il vous plombe de perplexité. Le pire c'est qu'il a l'air sérieux, et qu'il vous a dit ça avec une sérénité ébahie, un sourire quasi mystique que vous ne lui connaissiez pas.

… Mais bon sang, que dire, et quelle attitude adopter dès lors que votre meilleur ami, votre partenaire d'insoumissions, votre référence en tout, vous balance comme ça de but en blanc, qu'il a rencontré Dieu.

Dans un premier temps vous vous dites qu'une fois de plus il veut faire son intéressant, qu'il ironise, et vous offre là le champ d'une repartie quelconque.

— Bien sûr, tu vas peut-être penser que je déraille, pourtant je t'assure, je L'ai vu, comme je te vois là.

Dans ces conditions, plutôt que de botter directement en touche, plutôt que de commander un nouveau verre ou de faire mine de ne pas avoir entendu, vous rentrez dans son jeu, histoire au moins de ne pas paraître déstabilisé, tout en essayant de deviner le piège ou l'astuce.

— Et alors, quelle tronche Il a…?

— Je ne te dis pas que j'ai rencontré le bon Dieu comme on croise son voisin ou son marchand de journaux, je te dis que j'ai rencontré Dieu.

— Ah, pardon.

Vous sentez que vous avez gaffé, que l'idée du bon Dieu que vous vous faites, la représentation que vous en avez, est sûrement bien trop prosaïque au regard de son illumination. En allumant une cigarette, alors que votre dernière remonte à plus de dix ans, vous prenez conscience que vous l'avez même rudement vexé, le frangin. De deux choses l'une, soit vous le désamorcez de suite, en bon camarade, et vous lui dites franchement d'arrêter de déconner, quitte même à le dire gentiment ; soit il vous fait la soirée entière dans ce climat de béatitude confite, étrennant pour vous sa toute fraîche panoplie de sourires béats, cette souveraine candeur qui est le lot de tout nouvel illuminé.

— … Mais enfin, arrête tes conneries, tu ne veux tout de même pas me faire avaler ça.

Vous avez raison de vous emporter, lassé que vous êtes par cette manie qu'ont les gens d'essayer de gagner en considération en se prévalant de leurs fréquentations. Quoi de plus chic que d'avoir serré la main d'un ministre ou déjeuné avec un préfet, quoi de plus chic que d'avoir échangé un sourire avec une starlette ou un ténor de la télé, quoi de plus chic que d'avoir rencontré Dieu, et de préférence sur le mode du tête-à-tête.

Même pas blessé, sans l'ombre d'une offense, votre pote vous regarde avec tout ce qu'il sait de sollicitude, puisant ce qu'il a de bienveillance pour se montrer placide, apaisant, puis il vous balance sa tirade, un couplet proprement emballé dans une tonalité d'eucharistie.

8

— Voyons, mon ami, je crains que tu ne m'aies pas bien compris.

Le voilà maintenant qui vous fait le topo au complet, vous racontant par le menu son entrevue avec l'Être suprême. À ce qu'il en dit, ça se serait passé sur le pont de Neuilly, comme Pascal, mais dans un autobus bondé. Comme Pascal, c'était un jour où il tombait des cordes, oui, ce jour-là, et alors qu'une giboulée froide bataillait sur les vitres, alors que les rafales rageuses remuaient le véhicule comme un transatlantique, c'est là qu'Il lui est apparu, là-bas tout au fond, dans l'axe même du pont de Levallois.

— Ben dis donc, et ça a duré combien de temps ?

— Un milliardième de seconde. Peut-être moins. Le sceau même de l'Éternité.

Bien sûr.

Le pire c'est qu'il a l'air sincère, et que vous ne le sentez pas le moins du monde au second degré. D'autant qu'à bien y réfléchir elle tient debout son histoire, en tout cas il est indéniable que ce jour-là il a plu, il a même plu toute la journée, tout comme il est vrai que le pont de Neuilly est particulièrement exposé aux rafales, et qu'en se penchant sur la droite, c'est bien le pont de Levallois qu'on voit…

Tout de même, dans un éclair de lucidité, vos esprits vous reviennent, et c'est là que vous resservez copieusement vos verres en l'adjurant de bien vouloir oublier ça, de passer à autre chose, et qu'il vous parle plutôt de cette énième femme qu'il a failli rencontrer ou des emmerdes à son boulot… Mais plutôt que de vous suivre dans votre entrain, plutôt que de faire tinter sa coupe avec celle que vous lui tendez, voilà qu'il prend un air hautement moralisateur, et se met à vous parler sur le ton du prêcheur.

— Tu sais, tu me déçois beaucoup, jamais je n'aurais cru ça de toi, jamais je n'aurais pensé que tu puisses faire preuve d'autant d'hérésie. Venant de toi ça me fait mal.

Voilà que l'apôtre prend la pose de l'offensé. Vous en êtes à vous demander si vous ne seriez pas allé trop loin, alors, plutôt que d'enchaîner sur le ton de la plaisanterie, vous lui présentez vos excuses, certifiant de parfaitement le comprendre, d'ailleurs vous allez même jusqu'à éteindre cette cigarette qui depuis le début lui pique les yeux.

— J'aimerais bien voir la tête que tu ferais si ça t'arrivait à toi, hein, vas-y, concentre-toi un peu là-dessus, mets-toi un petit peu à ma place.

— Mais moi je ne prends jamais l'autobus.

Ce coup-ci c'en est trop, le voilà qui jette sa serviette, comme jamais encore vous ne l'aviez vu faire… Pourtant, dans le passé, mille fois, vous avez fait de l'œil à ses propres conquêtes, mille fois vous l'avez battu au tennis, à la belote ou au scrabble, et même au loto, mais jamais il ne s'était vexé à ce point, jamais vous ne l'aviez senti à ce point outragé… Seulement voilà, depuis que Monsieur voyage dans le même bus que le bon Dieu, depuis que Monsieur fréquente les Huiles, il prend tout au sérieux.

Tout de même, vous faites l'effort de vous montrer bon camarade. Face à lui vous adoptez une attitude encore bien plus compatissante que lors de l'épisode ô combien approfondi de sa dépression, et plutôt que de recommander une coupe, vous demandez carrément la bouteille, parce que d'avance vous sentez que ce soir il va falloir rudement l'écouter le copain, que ce soir plus que jamais il va falloir se montrer patient. Du reste, à force de l'entendre tirer sans fin les conclusions de son expérience, à force de le voir vous faire la démonstration de sa quasi-divinité, à force de puiser votre compassion dans l'épanchement de la veuve-clicquot, une tempérance qui ne vous viendrait jamais sans ça, à force d'avaler vos verres d'un trait pour juguler vos envies de rire… à un moment vous stoppez net, vous reposez platement votre coupe dans le cendrier plein, la renversant de fait, soudain vous ne souriez plus, tétanisé que vous êtes par cette image là-bas, tout là-bas, de l'autre côté des vitres noyées par la pluie, de l'autre côté de l'avenue...

Bon Dieu, tu ne vas pas me croire.

Qu'est-ce qu'y veut le monsieur ?

La première épreuve est de se frayer un passage au milieu de tous ces accoudés, gagner sa petite portion de bar, histoire de se poser.

Force est de reconnaître qu'ils étaient là avant toi. Ils ont tous déjà un verre, une tasse ou un croissant devant le nez, en somme tu leur dois à tous la priorité.

De toute part, on te fait les gros yeux. Avec ce qu'on peut de mauvaise foi on te fait comprendre qu'on ne peut pas se pousser davantage, que tu n'as qu'à attendre ton tour, ou t'asseoir, ou renoncer. Malgré tout tu y arrives, tu accèdes à cette rampe vertigineuse à compter de laquelle toute consommation devient possible, où tout souhait sera exaucé.

Le vrai problème reste maintenant d'accrocher l'attention du garçon, d'autant qu'il a l'air rudement débordé, et en plus, pas trop bien disposé. C'est sûrement le genre de gars revêche qui soigne d'abord ses habitués, qui leur parle et leur répond, mais néglige le nouveau venu. Un débordé de nature.

L'idéal serait de commander haut et fort, au risque que tout le monde se retourne, que tout le monde t'entende, excepté le garçon. Non, en fait le plus sage est d'attendre qu'il te remarque de lui-même, et de préserver jusque-là ta petite parcelle de bar, de t'accrocher à ça pour ne pas trop refluer. À la longue, c'est sûr, de lui-même il te verra. C'est obligé qu'il te voie.

Là où tu t'interroges c'est en voyant ces deux arrivants tout là-bas, deux affranchis qui se sont plantés d'office auprès de la caisse, commandant d'un trait leur café, ne doutant même pas d'être entendus. Des bons clients assurément. N'empêche qu'ils sont déjà servis.

Pour faire pareil faudrait forcer un peu ta voix, quitte à puiser dans le grave, trouver cette tonalité décisive qui fait que dans la vie on finit toujours par décrocher son café.

… Ça y est ce coup-ci, tu l'as dit, tout de même, et sur le mode formel du gars bien décidé, assez distinctement et fort ; visiblement pas assez. Le bruit des clients ajouté à celui de la machine à café, tout ça a littéralement assourdi ta commande, lui déniant tout effet. Tout de même, on dirait bien que les autres te regardent cette fois, un rien désolés, peut-être même compatissants. C'est vrai que malgré toi tu marques le coup, atteint par ce manque d'effet, incertain sur pas mal de choses. Pour autant il ne faudrait pas qu'on te croie déstabilisé.

Cette fois à nouveau le garçon se dirige vers ton côté du bar, il sort enfin de cette zone au-delà de laquelle tu n'es plus audible. Ta requête est là toute prête, ta petite phrase parée à jaillir, un café s'il vous plaît, mais déjà l'autre autiste pivote d'un à-coup de tango, combinant de tête l'addition des deux autres gars à l'autre bout, des pressés.

Et là, tu ne peux réprimer cette petite pensée qui te fait souffrir chaque fois, cette sournoiserie qui est ancrée là en toi, toujours disposée à se manifester, et qui te fait dire, en gros, qu'on ne veut pas de toi ici, que tu es de trop, ou quelque chose comme ça…

Là-dessus tu te ressaisis, tu te prends en main en te répétant que tout le monde a droit à son petit café le matin, que les bistrots sont des endroits publics et que le client est roi…

L'audace commande maintenant de se rebeller un peu, d'assortir ta demande d'un mouvement du buste ou du bras vers l'avant, sans rien renverser tout de même, mais de l'avant.

— Un café !

C'est très fort. Tu as carrément fait l'impasse sur la tournure de politesse. Parfois, il ne faut pas craindre de hausser le ton, quitte à passer pour un autoritaire ou un malpoli.

Toujours pas.

Pourtant, le mouvement du buste était bien là, comme un effet de plastron. Le doigt était peut-être un peu trop aérien, le genre de signal avec lequel on hèle les taxis, pas vraiment de circonstance, mais remarquable en tout cas. Le problème quand on vient de faire un geste que personne n'a vu, c'est de ramener sa main, de plier la pose en faisant mine de rien.

Autour de toi les autres continuent de s'abreuver tranquilles, certains ont même le loisir de tremper un croissant, d'allumer une cigarette, de rêvasser. Ta lacune les met face à une décision délicate, à savoir s'ils doivent ou non t'aider, intervenir auprès du serveur, lui qui voltige maintenant entre les tables de la terrasse, parce que en plus il s'occupe de la terrasse.

Tourner les talons, te placer dans la démission ridicule, sûrement pas, voilà qui te disqualifierait pour le restant de la journée.

En fait, ce qui pose problème, c'est peut-être le café lui-même, deux syllabes c'est trop court. Trop bref. L'idéal serait d'y ajouter une épithète, pour donner de l'ampleur, que ce soit serré, allongé ou corsé, voire sucré… Mais le café, tu l'aimes nature.

— Un café, et vite.

L'adverbe est sans doute un peu osé, n'empêche qu'il n'est pas passé inaperçu. Pour être honnête, il t'a toi-même surpris.

En tout cas il t'a remarqué. C'est toujours ça de gagné, au moins le contact est établi.

— … je voulais dire, un café.

Et voilà que ça te reprend, une forme de pudeur très proche de la tentation d'exister, une prudence qui t'accable et participe de ton effacement. Toujours est-il que

14

tu es plus à l'aise dans ce rôle, à compter sur la clémence des conjonctures, qu'elles fassent en sorte que le serveur s'approche, que ce soit lui qui te demande. Réclamer, prendre l'initiative, ça ne te va pas. Toi, ce qui t'épanouit, c'est d'escompter.

Resterait à tout reprendre de zéro, remplacer le café par des syllabes plus spacieuses, plus acoustiques, du genre une-menthe-à-l'eau-s'il-vous-plaît, au pire un thé-au-lait… mais c'est un genre de facéties à trente balles.

Et voilà que tu te sens irrésistiblement pris par le mouvement, celui qui te fait refluer par l'arrière. C'est là qu'il faudrait se raccrocher à quelque chose, une tasse suffirait, même vide, ou ne serait-ce que la cuillère, n'importe quoi qui justifierait que tu t'incrustes, que tu demeures là. À défaut tu prends un sucre, tu le déballes doucement, puis tu commences de le grignoter, nature comme ça.

Et c'est là qu'enfin te vient le sursaut salutaire, le fauve en toi se rebelle, sous forme de l'argument de poids, le choix décisif qui te pose d'emblée comme un chef, audible aux yeux de tous, au point même qu'on ne voie plus que toi.

— Un triple baby, et vite.

S'il vous plaît.

CONFIDENCE

Ce jour-là, vous étiez parti seul avec lui.

Il vous avait proposé d'aller marcher tous les deux sur la lande, une longue promenade pour se remettre de l'hiver, en sortir un peu. Le soleil compensait à peine ce vent glacé qui balayait l'espace, votre regard n'avait plus l'habitude de regarder si loin, vous étiez bien.

C'est le moment qu'il avait choisi pour se mettre à parler. Son pas suivait à peine le vôtre, à cause d'une vieille douleur, et de ce manque de souffle qu'il palliait par des pauses. Ses phrases vous venaient dans le dos, comme l'antique mémoire de cette terre que vous fouliez là. Il vous parlait d'un monde inchangé jusqu'à lui, un monde imperceptible dès lors que vous le devanciez trop, un monde qui revenait lentement à votre hauteur, dès lors que sans rien en montrer vous preniez soin de l'attendre. Il effeuillait des propos sur le cours des choses, sur toutes ces baies qu'on ne ramassait plus, ces vertus incomparables de l'eau de source, du temps où elle jaillissait encore, tous ces possibles retours en arrière… La nostalgie qui pointait là-dessous ne vous faisait même pas sourire, d'ailleurs vous aviez choisi de ne pas le contredire, de lui emboîter le pas, de tout accepter de ces relents d'amertume. À le considérer sous cet angle, c'est un peu du temps que vous remontiez avec lui. Une fois arrivé auprès de la vieille cabane, il avait vu telle et telle chose à refaire, des détails au regard de l'état d'abandon. Les gouttières à reprendre, une porte à remettre, des carreaux aux fenêtres, pourquoi pas des rideaux, alors que vous, de votre côté, dans tout ça vous ne voyiez qu'une chose, la plus évidente qui soit : cette maison n'était plus qu'un tas de pierres, une ruine avec des pans de ciel à travers le toit.

La vérité, c'est que cette balade-là n'était qu'un prétexte, cette conversation un trompe-l'œil, ce qu'il avait en fait à vous dire tenait en à peine plus d'une phrase, un aveu qu'il vous fit en vous prenant le bras, en l'empoignant sans serrer, comme seuls le font les vieux, de ces petits gestes par lesquels ils fixent tout de votre sollicitude.

En revenant sur vos pas, vous vous êtes longuement demandé pourquoi il vous avait dit ça à vous, pourquoi cette confidence, alors que vous n'êtes même pas de ses enfants. La gêne était pour une fois à la mesure du secret, d'ailleurs pas un seul mot ne vous sera venu, pas la moindre réponse, pas la plus petite repartie. Vous n'aurez même pas eu le réflexe de minimiser, d'autant qu'à mesure qu'il vous parlait s'élucidait cette impression de fatigue qu'il vous faisait ces derniers temps, cette lassitude tenace qu'il ne cherchait même plus à cacher, le sceau des ultimes combats.

Sur le coup, vous n'avez pas cherché à le contredire, ni même à le rassurer, du reste pendant sa confession vous ne le regardiez même plus, vous n'y arriviez pas. Simplement, des tuiles perlaient dans votre regard, les tuiles d'un toit qu'on ne refera plus, des portes claquaient sous le coup d'une colère abstraite, le ciel défilait par les jours, et la gouttière charriait de ces flots d'amertume, des vagues d'autant plus révoltantes qu'elles savent déjà avoir gagné. Toutes ces poussières qui vous venaient dans les yeux, ces petits points qui piquaient, ce n'était jamais que du vent.

DÉBITEUR DANS L'ÂME

Le lundi c'est définitivement non, pas question de lui donner quoi que ce soit, d'autant qu'en début de semaine vous n'avez jamais la monnaie, pas la moindre pièce, et il est hors de question de le payer d'un billet, sans quoi d'avance, vous le savez, il n'aura pas l'appoint, et promettra de vous le rendre un de ces quatre ; va savoir quand. Pour ne pas paraître trop rude vous répondez tout de même à sa poignée de main cette pogne un peu douteuse qu'il vous tend chaque fois, collante d'on ne sait quoi, et qui vous neutralise le membre jusqu'au prochain robinet.

Le mardi, par contre, c'est plus délicat, surtout quand vous sortez du Monoprix, encombré de sacs plastique, et qu'il vous tend un journal fraîchement roulé, spécialement pour vous. Cette fois le prétexte est tout trouvé, car avec dix bons kilos de victuailles tenus à bout de bras il est hors de question que vous cherchiez la monnaie au fond de vos poches, sans compter le problème pour saisir le journal, de la poignée de main… Tout de même, vous le saluez, un grand coup de menton en gage de cordialité, un rien fuyant. Un jour, alors que vous en étiez encore aux bons sentiments, il s'était proposé de fouiller lui-même dans votre poche, afin de trouver la fameuse pièce de dix francs. Le souvenir de cette sensation vous répugne encore. Depuis ce jour-là vous vous êtes dit, plus jamais ça.

Alors, il vous regarde partir, le dos courbé par l'achat, tout en vous lançant avec un brin d'ironie, eh ben à demain alors.

De toute façon il est nul son journal, chaque fois que vous le lui avez acheté vous ne l'avez jamais lu, même pas ouvert, non pas que vous dédaigniez de vous plonger dans la presse des sans-domicile-fixe, non pas que vous soyez à ce point asocial, mais tout simplement parce que l'exemplaire qu'il vous vend chaque fois est tout aussi douteux que la poignée de main qui l'enrobe, et qu'à mesure que vous le feuilletez vous vous sentez englouti dans une dimension inquiétante et parfaitement viciée, comme si la misère vous gagnait un peu plus à chaque page, qu'il y avait une forme de contamination à s'immerger dans cette prose plombée de préoccupations.

Le mercredi, en général, c'est votre jour de bonne humeur, le jour où il vous arrive souvent d'être gai, d'avoir bien dormi ; allez savoir pourquoi. Autant dire que le mercredi vous le devancez. Avant même qu'il ait eu le temps de vous repérer dans le flux, vous lui balancez fièrement un grand bonjour, tout en marchant vite, emporté par l'entrain, si bien qu'il a à peine le temps de dégager sa main de dessous sa poignée de journaux que vous êtes déjà là-bas, à hauteur au moins de la boucherie, autant dire à cinq bons mètres de lui. C'est sûr, il s'en veut de ne pas avoir anticipé, de ne pas vous avoir vu venir. Alors tout de même, puisque ce gars-là a la fibre commerçante, il vous rappelle de loin, vous suggère le demi-tour, et là vous avez beau jeu de lui faire une mimique négative, lui signifiant que c'est trop tard, raté.

Le jeudi, c'est le jour de la compassion. Échaudé par l'expérience de la veille, le gars vous anticipe de loin, vous attend depuis le matin. Pas d'autre choix que de s'arrêter. Pour le coup, vous avez droit à la panoplie complète, le bonjour d'approche, la poignée de main insistante et tenace, et l'article qu'il vous fait à propos de tel ou tel papier sur la misère des peuples, misère d'autant plus insupportable qu'elle vous jouxte, que vous l'avez juste là sous le nez, et qu'elle est là à vous écraser la main de son casse-noix, de son casse-pieds, de son casse-toi… À ce moment-là, c'est fou ce que vous aimeriez être insolent, farouche et froid, ou faire trente kilos de plus, pour récupérer sèchement votre paluche, parce qu'après tout c'est la vôtre.

Mais farouche vous ne l'êtes pas, pas plus qu'insolent ni froid, et tout mince avec ça. Alors, c'est votre côté chrétien qui l'emporte, celui qui commande parfois d'être à l'écoute, de respecter la détresse de l'autre, de s'en émouvoir, mais pas forcément de chercher la monnaie pour valider le geste. De là vous prenez cette intonation pastorale qui vous va si bien, distillant tout ce que vous savez d'amour et de compassion, c'est là que vous baissez les yeux jusqu'à ses pieds, ses pieds encore plus bas que les vôtres, et que vous lui dites, demain, c'est promis.

Le vendredi, hosanna, c'est le jour du poisson. Sauvé. Même pas besoin de passer par la rue devant le Monoprix, le vendredi vous évitez l'avenue. Vive le Seigneur et sa diététique, vive la limande et les crustacés… Il doit sans doute vous présumer déjà parti en week-end, avec la femme et les enfants dans le break, puisqu'il vous croit verni. Si ça se trouve il doit même vous en vouloir, vous traiter de salaud… Le pauvre… Mais le pire, franchement, le pire, c'est bien quand au bout de deux jours, par la force des choses, vous vous retrouvez brutalement au lundi, à devoir passer devant le Monoprix pour aller au boulot, et que le pauvre gars, un rien blasé, vous voit de loin et vous tend cette fois non pas sa poignée de main mais l'exemplaire de la semaine précédente ; tiens, puisque c'est ça, je vous le donne.

Bien sûr vous avez honte et vous êtes ému, bien sûr vous vous dites qu'il n'est pas question qu'un homme sans toit vous fasse un cadeau, ce serait immoral, d'ailleurs, il est clair que ses dix balles vous allez les lui donner, ne serait-ce que pour le dédommager, mais pas ce matin, puisque le lundi c'est le jour où vous n'avez pas de monnaie, que des billets. Depuis le temps, il devrait bien le savoir. Du reste, il ne réclame même pas. Il n'ose plus. Timide, va, ou humble.

Pas étonnant que ce brave gars là n'arrive à rien. Débiteur dans l'âme.

COUP DE CHAUD

Vous allez trop loin, vous le sentez bien, vous n'êtes pourtant pas du genre à lever la main sur qui que ce soit, encore moins à menacer d'une poêle. D'une façon générale vous en restez aux insultes, d'autant que dans l'excès elles vous viennent bien, profuses et variées, mais pour une fois le geste se joint à la parole.

Ce n'est certes pas la première fois qu'entre vous le torchon brûle, pas rare que vous meubliez vos soirées à vous faire souffrir, mais ce soir, vous atteignez un stade nouveau. La moindre riposte vous relance, la fatigue vous force à dire un tas de choses que vous ne pensez même pas, et ces beaux sourires de vous qu'il y a dans les petits cadres, ces jolis sourires posés, c'est maintenant à la figure que vous vous les envoyez. Les photos qui finissent dans les bris de verre, les enfants qui se réveillent, ces mensonges qu'il faut pour les recoucher, autant dire que le programme est chargé.

Au pire, elles ne vont jamais plus loin que ça, vos soirées, vos colères vous épuisent jusqu'à ce qu'il n'y ait plus de cigarettes, et en général, après avoir tenté tout un tas de couches possibles aux quatre coins de la maison, finalement vous vous retrouvez côte à côte dans ce grand lit fait pour dormir, plombé de gêne, et en pyjama.

Mais ce soir, vous sortez de vos habitudes, ce soir vous allez même jusqu'à la secouer, à la pousser au hasard du salon, comme pour faire réellement mal, et voilà qu'en plus de la voir à terre vous la menacez d'une poêle, propre certes, vide par bonheur, mais d'un modèle en fonte tout de même, familial qui plus est.

C'est précisément là, en entrevoyant ce moment d'horreur dans ses yeux, qu'une certaine idée de vous s'effondre. Après ça, elle ne vous verra plus jamais comme avant, vous serez toujours entaché de cette vision-là, celle d'un possible criminel, d'un meurtrier à la Téfal. C'est ni plus ni moins qu'un crime que vous tenez à bout de bras, un crime qui marque le pas, un crime qui cale au seuil du geste, arrêté par on ne sait quoi, lucidité sans doute, mauvaise conscience ou mauvaise foi, mais le crime est là.

Le trouble c'est de sentir votre moitié à ce point vulnérable, de lire tant d'effroi sur cette bouche qui hier vous souriait. Le trouble c'est de faire face à une femme jetée à terre, comme un vêtement, la menaçant de cette même poêle dont elle vous faisait des chandeleurs.

Une connerie s'accomplit tant qu'on ne la réalise pas, dès lors qu'on l'interprète en tant que telle, rare qu'on continue. Le plus dommageable serait bien de faire mentir cette bonne image que tout le monde a de vous, cette belle impression que vous faites. Depuis toujours, vous êtes un gars bien, pas méchant, ce serait trop bête d'invalider ce beau consensus sur un coup de sang, de perdre tout crédit à cause de ça. En tout cas ce serait dommage. Dramatique n'en doutons pas, mais par-dessus tout dommage.

FLASH

Dès que tu sens poindre un appareil photo, mine de rien tu glisses finement vers ton meilleur contour, ce profil de toi qui te nuit le moins, le droit. Il faut le reconnaître, tu n'es pas de ces natures suffisamment accomplies, de ces physionomies qui supportent l'improviste.

Dès lors qu'on te montre la photo une fois tirée, d'abord tu dis que ce n'est pas toi, ça ne se peut pas. La reproduction photographique reste à ce jour un procédé très approximatif, globalement fiable mais aléatoire. C'est sans doute la faute à l'éclairage.

Le pire avec ces proches qui ont la manie de fixer l'instant, c'est cette brutalité, cette promptitude à sortir l'appareil, cette sournoiserie de ne pas prévenir, de te surprendre chaque fois sur le mauvais profil, bouche mi-close, figé dans une expression péjorative. En prime, il faudra complimenter l'auteur, même s'il te concède que tu as un peu les yeux rouges, mais sur le cliché seulement.

Tu n'aurais jamais cette cruauté, arriver aux anniversaires avec le reflex en bandoulière, et flasher hystériquement, foudroyer les convives dans des poses dommageables, pour leur mettre sous le nez après.

Ce soir la cruauté de la nièce relève de l'acharnement. Une fois sa pellicule installée elle suggère une petite mise en scène ; tous du même côté de la table. Bien sûr l'emprise de cette gamine de treize ans sur son monde est révoltante, bien sûr tu trouves inadmissible qu'on lui obéisse, mais le pire serait bien de passer pour un rabat-joie. Alors tu t'exécutes, pour donner le sentiment de l'engouement tu vas même jusqu'à passer les bras sur les épaules de ceux de devant, une attitude parfaitement inattendue de ta part, absolument pas naturelle. Par prudence tu te tiens droit, sur la pointe des pieds, avec un peu de chance tu seras hors champ, ou bien flou.

Puis c'est le moment de la pose, ce temps fort où le rictus te vient bien, où tu le tiens, où tout le monde est prêt, mais où le flash ne vient pas. Dommage, pour une fois que tu portais bien haut ton sourire, sans doute un peu hissé par le kir, terriblement forcé, mais bien là. Un semblant de conversation reprend alors, on meuble le temps mort, on reste sur place, sauf toi qui menaces de te rasseoir.

Au moment de reprendre, tu optes pour une attitude plus saignante, la mâchoire en avant, avec un air de parfaite défiance. L'expression te vient d'autant mieux que la nièce te révolte, et si au moment du déclic certains susurreront cheese ou fromage, ton astuce à toi sera nettement plus crue.

Là encore ça ne vient pas, pas la moindre lueur, pas vraiment de bruit non plus, tous les indices d'une photo qui ne prend pas. Alors sans se passer le mot on n'y croit plus, on se relâche, on pense à autre chose, on se retourne, on se mouche, ou on bâille, et c'est pile au plus fort de la désorganisation totale que l'étincelle jaillira, vous fauchant tous dans des angles immérités. Pour ta part tu venais juste de reprendre ton verre, la tête en arrière et le nez dans le cristal, appendice qu'un effet d'optique ne manquera pas de décupler.

Le reste du repas la nièce assommera les convives de son flash retrouvé, sans relâche. Tu ne la quittes pas du regard, tu paniques même chaque fois que tu ne la vois plus, hanté par l'idée de te retrouver dans l'album de famille, la bouche pleine ou en plein double menton. L'air de rien tu veilles à toujours localiser l'objectif, à ne jamais le perdre. Quand elle te cadre entre les chandeliers, tu feins le naturel, et pourtant ta concentration est totale. Ton air souverain ne doit rien au hasard, pas plus que cette façon de tirer sur le filtre. En général tu ne fumes pas, jusque-là tu n'as même jamais fumé, mais pour ce qui est de la contenance ça aide bien. Jusqu'au jour des développements tu vivras soulagé, ne doutant pas de ta prestation, le regard un rien évanescent au travers des volutes, viril mais dosé.

Mais une fois de plus il te faut affronter le résultat, compromettant et têtu. Pour tout dire ça se voit tout de suite que tu ne fumes pas, que tu n'en as pas l'habitude, et mis à part cette photo où on te voit carrément tousser, il y a les autres, celles où tu ne t'asphyxies pas, mais où ta bouche en cul-de-poule surplombe un menton proéminent, rendant une mimique à la limite de l'intelligent. En tout cas, tu fais bien rire tout le monde.

Une fois de plus la vedette ce sera toi, ce n'était pourtant pas ton anniversaire, mais on ne commente que toi. En héros sur-blasé, tu les laisseras vanter tes aptitudes de comique, un peu inquiet tout de même de prendre conscience que dans deux semaines tu prendras un an de plus, et que déjà ils parlent tous de faire un dîner, une grande soirée organisée en l'honneur de ce héros, ce modèle que tu assumes tout autant qu'il t'accable : toi.

MERCI POUR LA CARTE

Voilà dix minutes qu'on ne vous entend plus, dix minutes qu'on vous sent plongé dans une attitude de repli, virant malgré vous à la mauvaise humeur.

Le plus stupide dans ce malentendu, c'est de considérer à quel point il eût été simple de se l'épargner. D'autant que vous y avez pensé cent fois, cent fois vous vous êtes dit que c'était le bon moment pour le faire, cent fois vous avez ficelé une petite formule fameuse en revenant de la plage, toujours les mêmes banalités, d'ailleurs pour preuve de votre intention la fameuse carte vous l'aviez même achetée, choisie à dessein, et le timbre avec.

C'en est incompréhensible. Et là, alors qu'on vous presse de raconter vos vacances, vous ne comprenez toujours pas cet oubli, comment ne pas avoir trouvé deux minutes pour leur faire une bafouille à ces deux-là.

C'est vrai que les vacances passent toujours trop vite, que le temps subit de curieuses distorsions dans ces périodes-là, et même s'il peut arriver qu'on s'y ennuie, même s'il y a toujours un ou deux jours de pluie, il n'empêche qu'il n'est jamais simple de trouver le temps d'écrire la carte postale.

Total, vous voilà face à eux, à raconter l'ordonnance qui régissait votre temps libre, les pique-niques du midi, les barbecues du soir, et vos pêches d'étoiles de mer sauvages, des prises sans intérêt que vous rebalanciez vers le couchant, faute de vraiment savoir vous servir du harpon.

Ils font mine de s'intéresser à vos moments de bonheur, alors que depuis le début, vous le sentez bien, ce quasi-empressement, cette politesse excessive dans leur façon de vous écouter, ce sourire constant qu'ils vous servent, tout cela masque en fait le reproche sous-jacent, la profonde déception de ne pas avoir reçu la petite pensée.

Pour vous défausser, il suffirait de dire à quel point vous avez songé à leur envoyer cette maudite carte, mais que la seule qui restait dans le tourniquet était une vue désuète du bord de mer, avec des voitures garées dedans. Sinon, il n'y avait rien d'autre, que ces cartes classiques de vaches qui parlent ou de moutons à bulle, sans compter les séries de nudités qui niaisent des grossièretés.

La solution serait peut-être de prétexter cela, de dire que la médiocrité des cartes vous a dissuadé de leur écrire, qu'ils méritent tout de même mieux que ça.

Mais là où le malaise touche à son comble, c'est quand la femme vous remercie pour votre carte, sur le mode du «au fait», comme si elle cherchait à réparer au plus vite un oubli, une omission, que du reste elle corrige bien vite, comblée de reconnaissance, visiblement touchée. Sans doute cherche-t-elle à ironiser, à enfoncer le clou, à vous culpabiliser sur le mode du paradoxe. Pourtant, dans cet élan spontané, vous ne sentez pas la moindre arrière-pensée, pas même le plus petit soupçon de malveillance.

Alors vous ne savez plus. Cette carte, vous la leur avez envoyée, oui ou non? Et laquelle? Vous leur auriez fait le coup du bovin à bulle ou du mouton, ou encore de la pin-up à roploplots, posée dans un filet de pêche avec à peine le bas d'un maillot de bain... Tout de même, vous n'auriez pas manqué de goût à ce point-là, vous n'auriez pas osé leur envoyer ça...

DANS LA VIE, VOUS FAITES QUOI ?

Ah, la constance qu'ont les gens à toujours te demander ce que tu fais dans la vie, comme si c'était là l'universel étalonnage, le critère en fonction duquel tout s'apprécie...

En ce qui te concerne, tu n'en es jamais qu'à la quatrième année de ton *année sabbatique*, et même si tu ne vises pas à proprement parler la décennie, tu te sens irrémédiablement pris par une accoutumance, et ne vois plus trop la nécessité d'en sortir. Dans ces conditions, pas commode de répondre à la question.

Il faut dire qu'au début, la première année en tout cas, la situation était tout ce qu'il y a de facile et d'exotique, ce statut de parenthèse faisait qu'on t'enviait unanimement. Beaucoup vivaient à travers toi leur propre envie de tout plaquer, tu étais le signe que c'était possible, et ce total affranchissement auquel ils n'arrivaient pas, à travers toi ils y goûtaient un peu.

À mesure que le temps a passé, à mesure que s'éternisait cette disposition parfaite, on s'est mis à prendre de tes nouvelles sur des modes de plus en plus interrogatifs, voire inquiets, et quant à tes réponses enjouées on les digérait avec de plus en plus de scepticisme et d'incrédulité.

À la longue, toi-même commençais à te sentir entamé par le flou de tes attributions, surtout face à de nouvelles connaissances, quand immanquablement on te posait la question. Chaque fois tu sentais venir le vertige, en appui sur deux socles évanescents, pris entre l'honorabilité d'un statut passé, et le prétexte fallacieux de le revendiquer encore. La plupart du temps tu éludais autant que possible la question cruciale, mais tôt ou tard elle se posait.

— Alors, vous faites quoi dans la vie ?

En règle générale, la réponse permet de répartir les rôles, de définir les hiérarchies. Aux mères de famille on dit qu'elles font le plus beau métier du monde, le plus difficile aussi, aux étudiants, quelle que soit leur spécialité, on répond qu'ils ont bien de la chance, aux médecins on marque tout ce qu'on peut de considération et on ne manque pas de s'ouvrir sur ses petits maux à soi, à ceux qui disent être banquiers, mine de rien on tente d'évaluer la dimension réelle du bonhomme, s'il s'avère n'être qu'un homme de guichet on passera très vite, si par contre il se révèle de ces banquiers majeurs qui mandatent les autres, de ces précieux argentiers qui naviguent dans les grands flux, tout de suite on montre plus d'intérêt, on se voit déjà dispensé d'agios…

Il y a aussi ce lot d'activités plus ou moins reluisantes, celles qui relèvent du tout-venant, mais auxquelles on s'intéresse quand même, par curiosité, histoire de réévaluer sa propre situation, par contraste… et puis il y a toi, toi qui malgré tous tes efforts ne parviens toujours pas à être quoi que ce soit.

… C'est de là que t'est venue l'idée du livre, non pas pour l'écrire, mais pour au moins le prétexter. Mon Dieu, vous écrivez un livre, mais quelle chance… De ce point de vue, l'effet est systématique, c'est même sur toi qu'on s'attarde le plus, et ce carrefour que tu redoutais tant, cette épreuve de devoir se présenter, voilà que depuis l'idée du livre elle est devenue l'occasion pour toi de briller. De tous tu es le plus intrigant, celui auquel on pose le plus de questions, fasciné qu'ils sont par l'idée du roman, cette fiction qui se trame en toi, tout ça est excitant... À cette seule réserve tout de même, que tu n'es jamais très disert sur la nature du sujet, d'ailleurs à ce propos, ceux qui te connaissent bien auront noté que là-dessus tes réponses n'avaient pas toujours pour constante de se recouper.

QUEL CHARME

Ah ce que tu aimerais être beau, riche ou visiblement connu, étincelant d'une façon ou d'une autre, afin d'avoir un moindre élément d'explication à cette séduction qui tout d'un coup t'accable... Il faut le reconnaître, tu n'es pas habitué à ce qu'une inconnue te dévisage, qu'elle te vise avec autant de langueur. Elle doit te prendre pour quelqu'un d'autre. Ce matin tu dois dégager de ces muscs qui affolent les biches, de ces philtres qui entêtent, ou alors c'est que la configuration générale de ton être trône à son optimum.

Pourtant en te rasant tu n'avais rien remarqué, rien sinon ce visage qui ne se sourit même plus, une tronche à laquelle, si ce n'était pas la tienne, tu ne prêterais pas la moindre attention. Pourtant, il faut te rendre à l'évidence, de ces deux Italiennes qui sont assises à la table là-bas, il en est une qui te fait des signes, et pas seulement que du regard, puisqu'elle balade le reflet de son bracelet sur ton journal.

Le galbe bronzé, la cuisse haute, les cheveux roux, et par-dessus tout une savoureuse négligence dans sa façon de s'asseoir, un abandon qui flirte avec l'inconséquence; Italienne, quoi.

Pourtant ce n'est pas ton fort de séduire, ce n'est pas là que tu t'exprimes le mieux. En général ta stratégie s'accommode de chemins plus détournés, de terrains où l'on n'avance jamais à découvert. Certes, il n'est pas interdit de séduire comme ça de but en blanc, seulement tu n'y es pas vraiment préparé.

Son amie par contre ne se préoccupe pas de toi. Normal elle est de dos. Encore heureux. Assez d'une sur les bras.

Chaque fois que son regard surprend le tien, tu replonges dans ton journal, quasiment terrorisé. Puis il y a les œillades qui te touchent de plein fouet, celles qui te laissent aussi groggy qu'électrocuté. Ta tartine en a manqué la tasse.

Les hypothèses bien sûr se bousculent. Tu pourrais te lever, lui offrir un café, ou le faire depuis ta place ; mais comment dit-on café en italien ? La voilà l'excuse, tu ne parles pas italien.

Et puis c'est le sursaut, d'avance tu sens bien que si tu ne fais rien tu t'en mordras les doigts, cette désertion te hantera pendant des mois, tu vois d'ici les remords… vraiment il faut faire quelque chose. L'intuition universelle qui vient dans ces cas-là, la pensée mobilisatrice qui en a galvanisé plus d'un, c'est de se dire : après tout, qu'est-ce que je risque ?

C'est vrai dans le fond, qu'est-ce que tu risques à aborder une inconnue, surtout que celle-là te tend les bras. D'ailleurs elle a déjà dû parler de toi à sa copine, la preuve, elle se retourne, sans doute pour te jauger, pour lui donner son avis. Elle te lance un petit sourire discret elle aussi, tu lui réponds, mais trop tard. De plaire aux deux, ça par contre tu n'y crois pas, ce n'est pas possible, ce n'est pas ton genre, tu ne fais jamais aussi bien les choses qu'à moitié.

Tu l'as rêvée mille fois cette situation, un peu comme dans les films à la mode du héros facile, le gars qui n'a même pas besoin de draguer pour plaire aux filles, qui emballe malgré lui. Mais tu as un mal fou à endosser le rôle, certes tu te tiens un peu plus droit que d'habitude, tu portes le menton haut, dégagé et libre ; mais de lui faire un vrai clin d'œil ou un beau sourire, tu n'y arrives pas.

Pourtant c'est pile le genre de femme avec laquelle tu serais prêt à tout, à lui faire ce fameux massage que depuis dix ans tu refuses à ta femme, à veiller jusqu'à pas d'heure, à ne pas mettre le réveil pour le lendemain, peut-être même à lui faire l'amour une deuxième fois, la folie, quoi... Et pourtant tu ne bouges pas. D'où vient ce désert entre toi et tes actes ? Ce qui te gêne en fait c'est qu'elle soit belle, ça te paraît presque pas naturel.

Alors tu replonges dans ton journal, tu te repais de nouvelles fraîches. De toute façon elle ne te regarde plus, elle doit te prendre pour un couard, ou un con, en tout cas elle doit se dire que t'es curieux comme type, timide ou dérangé, peut-être même qu'elle te prend pour un lâche, ou peut-être pire... Franchement, qu'est-ce que tu irais faire avec une fille qui pense tout ça de toi ? Encore bien beau que tu l'ignores. Une chance pour elle que tu l'ignores.

MÉNAGE, SCÈNE 2

Dès le début, tu avais senti quelque chose. À cette façon de te recevoir, de te faire entrer, tu avais retrouvé cette tension particulière, ce climat du couple après l'orage. Déjà le collègue semblait un rien emprunté, un peu moins à l'aise que d'habitude, pour tout dire un peu moins pote. Du coup, ce geste de vous taper sur l'épaule comme au bureau ne vous est même pas venu, il t'a juste serré la main, aussi sèchement que sa femme.

Tout de même elle t'a dit bonjour, mais malgré sa façon aimable de te demander si tu aimes le poulet, les frites et la salade, tu sens bien que le sourire est forcé. C'est sûr, juste avant que tu arrives ils étaient en train de s'envoyer des arguments à la figure, peut-être même le mobilier. Dans tout ça, ton coup de sonnette aura retenti comme un gong, les stoppant net dans le crescendo.

Des arguments, il leur en reste apparemment, ils les ont là sur le bout de la langue, prêts à jaillir. Sans toi, pas de doute qu'en ce moment même ils continue-raient l'escalade, à coups de vérités cinglantes et de mauvaise foi. Sans toi, peut-être même qu'ils auraient déjà fini, à court de colère, et se seraient déjà réconci-liés. Dommage. Dans le fond c'est un peu de ta faute si l'abcès n'est toujours pas crevé, d'ailleurs ils t'en veu-lent, tu le sens bien, ne serait-ce qu'à cette façon de te passer le poulet, sans même qu'il soit découpé.

Va pour la découpe. Pendant ce temps ils retournent tous deux vers la cuisine, pour se balancer on ne sait quoi, de toute façon le bruit de la hotte couvre tout. Le poulet est bien le seul à te tenir compagnie, le seul qui soit vraiment là. Tu sens bien que tu découpes mal. Manquerait plus qu'on t'en fasse une remarque.

L'appétit ne vient pas vraiment, la conversation non plus. Derrière l'aridité de ton hôte tu cherches le copain de bureau, celui qui n'est jamais le dernier pour déconner, ce complice providentiel qui rend les journées supportables, avec qui tu as toujours tellement à dire. Là, tu ne vois plus qu'un type convenu, mutique et sans allant, un chieur, quoi.

Et puis d'un coup c'est parti, à propos d'une goutte de vin sur le tapis, un bergerac assez méchant. Quelle idée aussi d'avoir un tapis blanc. Pourtant c'était de bon cœur qu'il te servait le collègue, d'autant que dans sa façon de remplir exagérément ton verre, l'espace d'un instant tu avais même retrouvé le vrai pote, le déconneur de première, celui qui ressert toujours tout le monde à la cantine, histoire d'allumer la tablée.

Manque de bol il y eut cette goutte de trop, un filament mineur qui a d'abord ruisselé le long de la bouteille, que tu avais vu venir, et qui est allé finir sur le beau persan immaculé de Madame. Quelle idée aussi d'avoir un tapis blanc. Sa femme ne fait rien pour dissimuler sa colère, visiblement atteinte. Sans doute y a-t-il un peu d'excès dans sa façon de jeter sa serviette et d'accabler son mari, mais dans le fond elle n'a pas tort. Le lavage à sec d'un persan, ça va chercher dans les cinq cents.

Cette fois le pote a le visage défait. Le pire c'est que sa femme te prend à témoin, comme si elle t'obligeait à choisir un camp, comme si elle attendait de toi que tu prennes position.

— C'est vrai, quoi, tu pourrais faire attention.

Bien sûr, de ta part c'est un peu bas. En même temps c'est commode de prendre le parti de la forme. Et puis quelle idée de tenir la bouteille aussi mollement, de ne même pas être foutu de servir correctement.

Le repas reprend, mais au moins tu n'es plus neutre, au moins tu as ta place dans cette dynamique de couple.

Jusque-là, tu étais pris entre deux feux, et même si les coups ne partaient pas franchement, la menace était permanente. Maintenant ce n'est plus pareil, ton camp est choisi, tu es avec la dame. Alors l'autre grand pote, malgré ses allures de collègue et ses airs de complice, il n'a pas intérêt à la ramener. Pauvre type. Même pas foutu de servir le vin à table, ni de découper un poulet tiède. C'est vrai, quoi, après tout c'était à lui de le découper.

Tu ne sais pas à propos de quoi ils s'engueulaient avant que tu arrives, mais c'est sûrement elle qui avait raison... D'ailleurs il pourrait lui donner un coup de main ce grand mou, il pourrait se lever pour l'aider à débarrasser la table, ou aller chercher le fromage... C'est simple, même toi il t'exaspère, au point que tu ne peux t'empêcher de lui en faire le reproche: mais fais un effort, bon Dieu... Dans la foulée tu lui balances tout ce que t'as sur le cœur, parce que toi aussi t'as ton petit paquet de linge sale, comme cette manie qu'il a au bureau de toujours mettre les pieds sur la table, ou d'ouvrir la fenêtre en grand, sans quoi tu respires sa fumée... Et ce désintérêt total qu'il a pour les dossiers de facturation, des paperasses qu'il te refile chaque fois avec écœurement, ne doutant pas une seconde que tu le feras, hein... Et en plus de ça Monsieur n'est même pas foutu de servir correctement le pinard; non mais franchement, je commence à en avoir ras-le-bol de tes histoires, marre tu m'entends...

C'est là que tu sens une main sur ton épaule, puis une autre, et puis deux. Sans gravité, ils te prient de rester calme, t'assurant que ce n'est pas grave, que tout va bien. Sur ce même ton posé, ils te demandent si tu veux un peu plus de poulet, ou de la salade, sinon il y a le fromage, ou alors le dessert directement, un quatre-quarts tout spécialement préparé pour toi, oui oui pour toi, et le café après, ou en même temps, comme tu veux...

En fait non, tu ne veux rien, ou alors tu reprendrais bien juste un peu de vin, un bon verre, disons; mais à une condition, que ce soit lui qui te serve. Pour voir.

LA BONNE BLAGUE

Les blagues c'est pas ton fort, de là cette prudence dans ta façon de demander l'attention, et cette sensation de vertige une fois lancé.

D'autant que celle-là, le jour où on te l'a racontée, la rudesse de certains passages, la crudité de la chute, tout ça t'avait tout de même un peu heurté. Mais ce soir, même si l'ambiance est un peu compassée, tu t'étais dit que c'était jouable.

Total tu te retrouves à mi-chemin d'une blague douteuse, avec autour de toi un auditoire qui passe de la surprise à l'incrédulité, de la perplexité à la stupéfaction. Pour le coup, tout le monde t'écoute. Jamais tu n'avais ressenti une attention aussi dense, concentrée jusqu'à l'oppressant. Plutôt qu'une chute heureuse, une probable apothéose, tu prends conscience qu'en fait c'est toi qu'ils attendent au tournant, qu'ils guettent tous ta curieuse trajectoire entre tous ces gros mots.

C'est d'autant plus périlleux que cette blague est d'un maniement particulièrement délicat, le genre de petit épisode qui suppose un respect absolu de l'agencement.

Un peu tétanisé par cette attention, tu te mets d'abord à chercher tes mots, tu trébuches par endroits, un rien hésitant, tu chancelles dans le grivois, jusqu'à cette façon bien peu cinglante, quasi chevrotante, de dire « bite »…

Jamais tu ne te serais cru capable de prononcer ce mot-là devant tant de monde, cela dit il est mécaniquement indispensable, et revient plusieurs fois. C'est peut-être ça qui les surprend, la liberté soudaine de ton vocabulaire, toi d'habitude si discret. D'ailleurs, à mesure que tu progresses, tu vois que les couverts se figent, que les sourires restent cois. Non seulement tu casses l'ambiance, mais tu contraries cette belle unanimité qui faisait que jusque-là tout le monde passait une bonne soirée. Avec ta blague, tu te fais l'effet d'un pyromane mais, à un stade aussi avancé, pas d'autre choix que de continuer.

Ta femme te lance un regard affolé, un rien suppliant. Il y a longtemps qu'elle ne t'avait pas regardé comme ça, la dernière fois ce devait être ce fameux Noël où tu avais pris son frère à partie, pour une sordide histoire de prêt, l'autre fois ce devait être à Venise, quand tu avais manqué te noyer. Mais là visiblement c'est pire.

Juste au seuil de la chute, tu sens comme une issue. La seule bonne façon de t'en sortir ce serait de stopper net, de prendre un air réfléchi, embarrassé, et de déclarer abruptement que tu as un trou. Au moins tout le monde serait quitte. Il n'y aurait plus qu'à enchaîner sur un autre sujet, la météo par exemple, au pire embrayer sur une souhaitable crise ministérielle, un remaniement qui sonnerait pour toi comme une aubaine. Seulement l'audience te grise, une audience inquiète mais captivée, suspendue à chacun de tes mots. C'est là qu'il va falloir reprendre ton souffle, parce que le mot « bite » revient à nouveau sur la fin, avec « cul » en prime, puisque c'est justement l'association des deux, et la confusion avec le patronyme de la pharmacienne, que naît l'effet comique...

Cette fois ça y est, cette fois le mal est fait, la messe est dite. Même toi elle ne t'a pas fait rire. À croire que tu as oublié quelque chose. Toujours est-il que la chute s'avère encore plus abrupte que prévu, d'une innocuité absolue, tellement abyssale que le silence n'en finit plus de résonner. Autour de la table on se racle la gorge, on replonge dans son assiette, personne n'ose vraiment enchaîner avec ça.

La femme que tu as un jour épousée ne te voit même plus, comme tout le monde elle a repris sa fourchette, consternée par ce tort que tu viens de lui faire. À te répéter mentalement la blague, te revient le détail qui manquait, et qui donne tout son sens à l'histoire. Telle qu'on la racontait à la radio, le protagoniste avait oublié de mettre son pantalon. Oui c'est ça, et en plus la pharmacienne n'avait pas ses lunettes, de là naissait l'effet comique...

Tu sondes l'audience du regard, pour voir s'il serait opportun de tout reprendre depuis le début, quitte à raccourcir.

Non. Franchement, vu l'œil noir de ta femme il est clair qu'il vaut mieux oublier. D'autant que selon toute apparence cette blague-là elle ne l'aime pas. Et puis c'est là justement que tu te souviens que ta belle-mère elle l'est, pharmacienne.

Pour vite oublier ça, d'abord tu t'assures mentalement qu'il n'y a pas d'ecclésiastique dans la famille, et bien vite tu enchaînes, tu remets de l'ambiance, tu réveilles tout le monde en à peine plus de trois mots...

— Et celle du moine en slip, vous la connaissez?

ET CE SOIR, VOUS FAITES QUOI ?

Elle n'a pas envie de dîner, après tout, tout le monde n'est pas obligé d'avoir faim. D'un point de vue strictement professionnel c'est sûr que c'est dommage, cela t'aurait permis d'entrer un peu plus dans les détails avec elle, de lui expliquer toutes les subtilités de la hiérarchie, toutes ces filiations de susceptibilité qui tissent une entreprise.

Elle, de son côté, t'aurait donné des nouvelles de la province, et puisqu'elle est toute fraîche diplômée, tu te serais en quelque sorte ressourcé à ses souvenirs d'études, et qui sait, à dîner avec elle, peut-être même que tu aurais rajeuni de quinze ans, ç'aurait été une supersoirée en somme… Mais puisqu'elle n'a pas faim.

Certes, c'est bien étrange de présumer dès le matin du peu d'appétit qu'on aura le soir. Peut-être lui as-tu demandé trop tôt, il aurait mieux valu attendre la toute fin de journée, et l'inviter sur le mode fortuit, du genre : oh mais vous êtes encore là…

Total, il va falloir vivre toute la journée dans l'écho de ce désaveu, un vrai fardeau. Chaque fois qu'elle te croisera, elle te lancera un petit sourire gêné, car de toute évidence elle est elle-même embarrassée d'avoir refusé. Faut se mettre à sa place.

Toute la matinée tu endures ses sourires d'infirmière, ses précautions. Toi de ton côté tu sais te montrer fort, insondable, tu affiches combien ce n'est pas grave, après tout il ne s'agissait que d'un dîner de travail.

41

Vers le milieu de la journée, dans ce fameux quart d'heure où la digestion confine à l'abandon, bercé par les relents de cantine, tu repenses à tout ça. Quelque part tu as mal. L'orgueil souffre toujours bien plus du contrecoup que de l'impact lui-même. Pour tout dire, tu aimerais bien savoir les raisons foncières de ce refus, d'autant que du strict point de vue de son intérêt personnel une stagiaire doit toujours saisir la moindre opportunité, la moindre perche que le monde du travail lui tend…

Justement, c'est cette pensée qui te rend nauséeux, l'idée d'en être réduit à devoir jouer de ta suprématie hiérarchique pour inviter une fille à dîner. Le souvenir que tu as de toi, adolescent, te ramène à un jeune homme svelte, blond et frais, qui invitait les belles filles au snack, et qui payait avec les tickets-restaurant, un pubère qui invitait sans même les moyens de payer.

Peut-être enjolives-tu un peu ton prestige d'hier, mais tout de même, à l'époque, tu n'avais pas besoin d'être patron pour plaire. Qu'est-ce qui s'est passé, quelle part de toi-même s'est volatilisée, pour que maintenant les femmes se méfient de toi ? Pourtant, tu étais loin d'être une épée, pour tout dire tu n'étais même pas drôle, et le peu de conversation que tu avais était miné par une timidité maladive.

Dans le fond c'est peut-être ça qui te manque, c'est peut-être cette fébrilité qui aujourd'hui te fait défaut. À l'époque, pas de doute que ton charme venait justement de ce que tu n'en avais pas, aucune personnalité, et cette déficience te rendait à ce point inoffensif, que les femmes, si facilement attendries, voyaient en toi l'irrésistible raison de leur compassion.

C'était le bon temps, le temps béni où les filles te ménageaient comme des mères, avant que toi-même, l'assurance venant, tu ne les bascules en femmes. Le lendemain tu leur faisais croire que cette timidité n'était qu'un leurre, qu'en fin de compte tu étais bien un homme, un vrai, friable dans sa stature mais solide en dedans. Subjuguées par l'ambiguïté, fatalement elles t'aimaient.

Alors que maintenant tu joues de quoi, de ton petit pouvoir et de ta voiture, des arguments qui résistent mal dès lors que t'es en slip.

Il te faudrait retrouver cette indolence, ce désir constant de ne pas paraître, à nouveau attirer les femmes par cette aspiration à la dissimulation. Il faudrait que tu reviennes à cette timidité sincère, ce manque total d'assurance qui te faisait bredouiller, il faudrait que tu retrouves ce regard fébrile qui n'arrivait jamais à se fixer, et qui chancelait vers le bas dès qu'une femme approchait. Il faudrait même que tu renoues avec ce bégaiement d'alors, celui qui t'aura valu vingt ans de psychothérapie.

… Repenser à ce tableau juvénile te fait rire, pour rien au monde tu ne renouerais avec les approximations de cet âge-là. Qu'est-ce que tu pouvais être timide et con à l'époque !

Sur le coup de seize heures, comme tous les jours, tu te diriges vers la machine à café, ta petite pause à toi. Elle est là avec les autres. En te voyant arriver elles se taisent toutes, quasi pouffantes, non seulement tu ne sais plus quoi dire, mais en prime tu te surprends à rougir. C'est sûr qu'elles étaient en train de parler de toi, qu'elles ironisaient sur ta délicatesse, ces intentions touchantes d'inviter les stagiaires à dîner, afin qu'elles se sentent moins seules, moins perdues, qu'elles s'initient au charme tamisé des heures supplémentaires…

Une fois ton café coulé tu restes là, à le touiller interminablement. S'en retourner aussitôt, en faisant mine de les ignorer, serait parfaitement suspect, offensant en tout cas. Surtout il ne faudrait pas qu'elles te croient meurtri ou taraudé de rancune. Tu es bien au-dessus de ça…

C'est là que l'effrontée te propose de t'asseoir, et te tend ce quatre-quarts qu'elles ont ramené du supermarché.

Dans le fond c'est bon d'en être là, de considérer la vie à la lumière des femmes, comme un avenir inexploré. Elles parlent entre elles, toi de ton côté tu ne fais qu'écouter, tu ne participes même pas. En fait, tu te concentres sur ton café, et sur le quatre-quarts aux pruneaux, pour ne pas trop en faire tomber dedans. Voilà que maintenant elles parlent comme si tu n'étais pas là, elles parlent des hommes comme si tu n'étais même pas concerné. C'est bon de baigner ainsi dans leurs propos, d'être redevenu ni plus ni moins qu'un pion inoffensif, un copain désaffecté, un membre admis du camp adverse. Comme si tu n'étais pas là, elles verrouillent un projet pour ce soir, une petite virée, et si l'humeur le permet, si le cœur leur en dit, il se pourrait même qu'elles se fassent une petite sortie en boîte, n'importe laquelle, même une ringue à la limite... Après tout demain c'est samedi. C'est là qu'elles se relèvent, parce qu'il est près de cinq heures, et que les dix-sept heures d'un vendredi ça vaut largement les dix-neuf heures en semaine. Suite à quoi on se dit qu'il va falloir se changer, peut-être même repasser chez soi, afin d'être lavé, douché et on ne peut plus désirable...

Et alors qu'elles se lèvent toutes en même temps, chiffonnant le gobelet en tournant les talons, la stagiaire te demande aussi innocemment qu'à un gamin de dix ans : Au fait, tu veux venir ?

INFrACTUS

La sensation qui de toutes fut bien la plus embar-
rassante, celle que vous crûtes l'ultime : l'infarctus en
plein restaurant. Au moins c'est à coup sûr une bonne
façon d'apprendre à prononcer correctement le nom…

C'est la première pensée qui vous vient suite à ce point
tenace sur le côté gauche, qui vous oppresse le thorax,
vous faisant instantanément basculer du doute à l'angoisse, à deux doigts de paniquer. Puisqu'on ne se refait
pas, la première idée qui vous traverse c'est le scrupule,
la peur de déranger, vous qui êtes déjà tout confus de
devoir vous moucher en public, jamais vous n'auriez
l'impudeur d'agoniser devant tout le monde.

C'est là que vous tentez de vous reprendre, mobili-
sant le peu de lucidité qui vous reste. En désespoir de
cause, et faute d'entrevoir de secours plus imminent,
vous vous surprenez même à invoquer Dieu. Vous
l'athée impénitent, le laïc au scepticisme revendiqué,
voilà qu'en voyant valser la salle, les murs et les gens
au milieu, l'idée de Dieu vous prend comme un pli.

Dieu ou pas, le malaise se fait de plus en plus pres-
sant, évoquant la curieuse sensation de l'évier qui se
vide. En plus de l'indécence, vous songez déjà à l'affo-
lement que vous ne manquerez pas de déclencher chez
les vôtres, sans compter le grand froid que vous jette-
rez dans la salle, tous ces beaux appétits que vous allez
couper net.

C'est déconcertant ce que certaines parties de nous-
mêmes peuvent nous contrarier, sans qu'on y puisse

rien. N'y tenant plus vous vous levez, vous vous dressez comme un seul homme, vous émergez d'un trait dans cette mer de fossiles, et sans même que l'idée précède le geste, d'une main vous desserrez votre cravate et tout ce qu'il vous reste de convenance, vous dégrafez tout. C'est là que toutes les attentions s'aimantent, que vous plombez toutes les moues.

Le pire c'est que le restaurant était bien choisi, que vous y jouissez d'une véritable considération. Ici tout vous obéit, devant vous les portes s'ouvrent, les tables se dressent et les maîtres d'hôtel vous précèdent. Vous imaginez la publicité odieuse que vous leur feriez en succombant là, ternissant à coup sûr le souvenir de plus d'un client. Vous qui avez toujours mis un point d'honneur à ne solliciter aucun crédit, vous qui avez toujours réglé l'addition sur-le-champ, vous sentez que pour une fois il va falloir différer. Plus que tout, la sensation d'être en compte vous est insupportable. Pour autant il ne faudrait pas qu'on croie que si vous vous levez d'un bond c'est uniquement pour demander l'addition.

À ce stade-là, tout le monde a plus ou moins compris, et déjà autour de vous vous entendez qu'on demande un médecin. Là encore vous cherchez à minimiser, tout confus de devoir déranger un toubib, en plein repas.

Finalement vous laissez faire, il est clair que la situation globalement vous échappe, et que pour une fois il y a plus urgent à sauver que les apparences. Puisqu'il faut en passer par là, après le stade manifeste du malaise, vous vous laissez tomber à terre. Jusque-là, vous ne connaissiez cette moquette que de haut, sa douce teinte bleu de nuit qui confine au céleste, et qui valorisait si bien vos chaussures. Le plus fort c'est qu'elle sent bon la moquette, et qu'elle est douce, sous la joue vous le sentez bien.

Parmi ces silhouettes qui vous surplombent vous reconnaissez le maître des lieux. La douleur vous tord le rictus, et pourtant vous aimeriez lui dire que tout était parfait, que la noix de veau était excellente, et aussi le juliénas, bien qu'un peu frais, se tenait. Ce qui vous inquiète le plus c'est que ce faux-cul de première, pour une fois, ne cherche même pas à vous rassurer, lui d'habitude toujours si prompt à relativiser, lui qui dédouane instantanément le client de toute forme de responsabilité, voilà que pour une fois il vous regarde de haut, sans le moindre respect.

Ces grosses bottes qui s'activent autour de vous ce sont les pompiers, des bottes d'un cuir épais et lourd. Mon Dieu ce qu'elles doivent les gêner pour marcher ces bottes-là, et pour courir n'en parlons pas.

D'un coup vous voilà projeté dans les hautes sphères, sans doute un effet du masque à oxygène. Vous sentez bien que l'autre pomme s'inquiète de plus en plus pour la continuité de son service, mine de rien vous lui pourrissez la journée, mais à partir de là tout scrupule vous déserte, vous vous laissez glisser dans la parfaite fluidité de ces bras experts. Instinctivement vous inspirez de plus en plus fort, un air soulagé de son azote, enfin pur, des tas de belles bouffées profondes et propres comme une rafale polaire; l'air, il n'y a plus que là-dessus que vous vous concentrez.

Après tout, qu'on vous y laisse dans les teintes douces et les cieux bleus, surtout qu'après la piquouse du capitaine la moquette de ce parfait cinq étoiles se révèle être votre plus vaporeuse expérience de l'extase, votre ivresse la plus aboutie.

En fait, il n'y aurait pas tous ces spectateurs à la mine défaite, vous vous laisseriez aller à la plus totale indolence. Une fois de plus c'est le regard des autres qui gâche tout.

JUSTE POUR VOIR

D'abord tu restes longuement devant la vitrine, à soupeser les modèles et les prix, pour te faire une idée. À titre de comparaison tu jettes un œil aux tiennes, correctes dans le fond, mais peut-être démodées. Faut voir.

Une fois dans le magasin, d'entrée tu sens une présence, un regard qui te colle à la peau. Dans l'attitude de l'auditeur libre, tu fais comme si elle n'était pas là. Ce qui t'accable c'est cette manie qu'ont les vendeuses d'approcher, cette amabilité forcée, et cette insistance à tout faire essayer, à dire que tout va.

Depuis sa caisse elle te lance un bonjour, plein de sous-entendus. Tu ne réponds qu'à peine, pour bien lui signifier qu'elle a à faire à un revêche. Mine de rien tu te fais ton idée, tu présumes de la nature des cuirs, de l'épaisseur des semelles, pour le reste les étiquettes sont là, multilingues et lisibles. La dame ne bronche plus, n'ose rien, sinon à ce moment de trouble où elle te lance de loin que là tu es dans le rayon féminin.

À quoi bon lui répondre. Au nom de quoi se justifier. Cela dit c'est vrai que les baskets mauves et les bottes à talons, ça te semblait curieux.

Tu repasses donc dans l'autre camp, rassuré par la fermeté des modèles, les plus sombres tonalités.

Et c'est là justement, dans cette phase où elle te sait vulnérable, là où elle te pense mûr pour l'essayage, qu'elle te fond dessus.

— Je peux vous aider ?

Ben voyons. Tu juges déjà toute l'astuce de la question lointaine, dégoulinante d'arrière-pensées, une envie de vendre qui défigure le commerçant jusqu'au sourire. Traîtres. Bande de zélés. Suppôts de l'hyperconsumérisme. C'est là que ton instinct reprend le dessus, ton penchant révolté, et que tu lui mets sèchement le holà en lui balançant : fichez-moi la paix. Elle n'insiste pas.

Dans ton dos tu la sens qui grommelle. Visiblement elle n'a pas l'habitude de se faire remettre à sa place. Peut-être même que c'est la première fois. Un point pour toi.

Tu continues peinard ton investigation, pour voir ; que des pieds droits. Afin de te faire une idée tu prends le modèle en main, tu le détailles comme on le ferait d'une maquette, ou d'une œuvre au musée, à la différence que celle-là, tu pourrais la ramener chez toi, sacrifier à cet acte imbécile de l'achat, cette facilité dégradante, piège dans lequel ils tombent tous.

Pour juger tu poses la chaussure à terre. Trop grande. Pas ta taille. Pas d'indice, sinon un chiffre 12 qui ne veut rien dire en français. Quant aux autres, c'est pareil, elles vont du 10 au 16, ésotérisme imbécile.

Du coup elle se rapproche, obsédée par l'intention d'être agréable. La rabrouer une fois de plus, ce serait goujat. Va pour l'essayage, manœuvre tout ce qu'il y a de plus compromettante, amorce de la spirale, mais bon.

En lui tendant le pied tu sais le processus engagé. Tu n'en sortiras qu'au prix d'un refus toujours délicat, ou d'une paire de chaussures.

Évidemment, la brave dame est maintenant pleine d'allant, mine de rien tu la rends heureuse. Ce pouvoir que tu as sur elle, cette façon de faire le bien, tout cela vient de toi. C'est beau.

Tout de même, le modèle qu'elle te lace te serre, c'est évident, et pourtant tu hésites à le lui dire. Quand elle te demande de faire quelques pas, tu te lèves, quand elle te suggère de chausser également le pied gauche, tu te rassois, cette fois ça y est, elle t'a en main. Dans le fond c'est plaisant d'être pris en charge, de faire ce qu'on nous dit, au cas par cas.

Un peu sceptique sur le modèle pompon, elle te propose le mocassin à franges, alors que depuis toujours tu as horreur des mocassins, et pourtant tu y vas, elle te cale le pied sous les franges, jouant du chausse-pied comme d'un métronome. Elle est là accroupie à tes pieds, et pourtant c'est elle qui te domine. Quelle sensation. Alors tu veux en essayer d'autres, plein.

— Non vraiment, je crois que c'est celles-là qu'il vous faut, croyez-moi, vous avez l'allure pour ça.

Ce qu'elle voit pour toi c'est le modèle cuir, à mille cinq, les deux cela dit.

Jamais tu n'as mis ce prix-là pour tes pieds, mais puisqu'elle te dit que tu le vaux bien, qu'avec ça t'es tranquille pour dix ans, au fond ça fait jamais que cent cinquante francs l'an.

— Cela dit attention, c'est le genre de bijou qui suppose de l'entretien, sans quoi au bout de trois mois elles s'écaillent...

Déjà elle te fait peur. Alors va pour le cirage, la bombe en spray pour l'étanchéité, et l'embauchoir pour le soir...

Si bien qu'elle te montre tout, elle t'explique bien le coup du cirage, d'autant qu'il y a des chiffons spéciaux pour ça, comment, vous n'en avez pas, qu'à cela ne tienne, à vous de choisir, chiffon jaune ou chiffon marron...

Bon sang, tu n'as pas besoin de tout ça, pas une seconde tu t'imagines ranger tes pompes tous les soirs en rentrant, mais il est trop tard, maintenant qu'elle a sorti le paquet pour toi, maintenant qu'elle t'a bien fait l'article, tu ne te vois pas lui dire: non merci madame, vos chaussures ne m'intéressent pas, pas plus que l'embauchoir, le cirage et le chiffon...

Et pourtant tu le fais, ne serait-ce que pour la beauté du geste, tu te rassois, tu laces posément tes vieilles baskets, et tu lui dis que tu ne prends rien. Pendant ce temps-là la dame ramasse, sans plus te voir, sans même te parler. Tu n'existes plus.

Au sortir de l'exploit, tu n'ignores pas à quel point c'est fort d'avoir fait ça, d'avoir eu le culot de refuser, de t'affirmer dans l'acte du non-achat...

Ce petit morceau de bravoure, cette liberté revendiquée, tout ça t'a tellement grisé que tu te jures bien de réessayer au plus vite, pas plus tard que ce soir, dans ton quartier, et tiens, avec ton boucher pourquoi pas, pour voir.

Et pour le vin

Tu voulais sortir le grand jeu, eh bien c'est fait. Deux étoiles au Michelin, en général il faut s'y prendre une semaine à l'avance. L'insistance a parfois valeur de passe-droit. Te vient même l'intuition de te trouver irrésistible, idée fugace, qui ne te quitte plus. Descendre aux toilettes, c'est le prétexte idéal pour t'assurer de ça. La veste tombe bien, les cheveux conciliants pour une fois, dociles et volumineux, tout y est. Pour être franc, tu es beau. Oui, là, en te lavant les mains, au-dessus du lavabo, tu es beau.

C'est peu dire que tu remontes en survolant les marches, tu te rassois en faisant claquer la serviette, et à partir de là, tu ne fais plus que donner le meilleur de toi-même.

Tu maîtrises le menu en expliquant tout, tu poses les questions pertinentes, tu suggères les cuissons qui conviennent, au détour de deux ou trois réflexions bien senties tu montres au maître d'hôtel à quel point tu connais la musique, si bien que ce dernier note la commande avec la religiosité d'une consigne, une ordonnance globale lui instruisant de faire au mieux… Déjà la dame est conquise, déjà elle pose sur toi un regard béat, presque admiratif, dépossédé de tous ses artifices, en fait sans ce sommelier qui s'avance vers toi on pourrait dire que, jusque-là, tu contrôles parfaitement la situation.

Pour être honnête, tu ne connais rien aux vins. Les cépages qui se mélangent aux noms des crus, la disposition du vignoble qui qualifie le terroir, l'année de référence combinée au niveau d'ensoleillement, à tout cela tu n'entends rien. À la limite, tout ce que tu pourrais dire, tout ce que tu saurais relever, c'est un vin bouchonné, et encore, ça dépend du bouchon. Certes, face au sommelier tu saurais établir la différence entre un rouge et un blanc, cela dit l'astuce ne fait pas toujours rire. Total, tu te décides pour un gevrin-montrachet, en te fiant vaguement au patronyme, au prix aussi, cher mais pas trop, un critère qui ne trompe pas.

Une fois exhumée sa merveille, le sommelier s'avance vers vous comme s'il sacrifiait un gosse, portant amoureusement sa trouvaille dans un petit panier, un genre de berceau. Dans le genre sommelier c'est un grand type, amidonné de noir, un prêtre à l'office, quasiment inabordable, peut-être même pédant. En prime il a ce regard un rien supérieur de l'examinateur qui sent sa proie facile. Après deux trois manipulations il se plante là, juste au-dessus de toi, et te flanque sa relique sous le nez. À ce stade-là il faut se montrer coopératif. Il énonce gevrin-montrachet, tel que c'est écrit sur la bouteille, et tu trouves la subtilité d'annoncer l'année, tel que c'est écrit sur la bouteille.

Pendant qu'il commence à sortir son limonadier, tu reprends sereinement la conversation, pas mécontent d'avoir survolé l'épreuve du sommelier. Tu renoues avec ce ton léger qui fait que ton invitée te trouve charmant.

Pendant ce temps l'autre grand serin reste toujours là, te parasitant avec ses bruits de canif, d'osier et de bouteille. Parce qu'en plus il écoute. De toute façon tu parles de ton boulot, tu te valorises un peu. Après tout c'est de bonne guerre, de simple commercial te voilà directeur déjà, général pourquoi pas. Le pire c'est que tu te reconnais dans ce parfait tableau, d'ailleurs à cent mille francs près c'est toi.

Le grand type te sert maintenant un subtil fond de verre, à peine un doigt, et plutôt que de te laisser avec ta bouteille et de partir vers une autre table, il croit malin d'attendre là, en guettant ta réaction.

Ton invitée te regarde avec plus d'acuité, suspendue à tes lèvres, captivée par ce verre qui se rapproche de ta bouche, émerveillée d'avance par ce que tu vas en dire; après tout tu es un homme de goût. À la hâte tu essaies de rassembler deux ou trois termes lus dans un magazine, de bricoler une appréciation crédible et appropriée.

— Un peu frais.

— Voyons, monsieur, mais c'est un beaujolais, et le beaujolais se boit...

— Certes.

Ce petit échange, cette quasi-escarmouche, on ne peut pas dire que tu l'aies gagné. Dans ce genre d'altercations ce sont souvent les sommeliers qui gagnent, du simple fait qu'ils jouent sur leur terrain, qu'ils sont incollables sur le machin, mais parle-leur de profit-warning ou d'indice d'exonération, et là tu verras qu'ils font moins les malins. Frimeur, va. Une des grandes satisfactions dans la vie, ce serait pour toi de moucher un jour un sommelier, de lui rabaisser le caquet, ça, on peut dire que tu aimerais... C'est là que la folie te gagne, l'impulsion pure du combattant, emporté par l'euphorie de ton caractère triomphant tu prends le gars de front, le cinglant d'un revers...

— Un beaujolais, vous êtes sûr?

— Mais voyons, comment ça...

— Oh, je vois bien ce qui est marqué dessus, mais je suis sûr qu'il s'agit d'autre chose, un châteauneuf ou un côtes-de-bourg, une erreur sans doute au moment de l'étiquetage... En tout cas c'est tout ce que vous voulez, sauf un gevrin-montrachet.

Sans même le regarder tu sens le grand héron qui chancelle, au bord du K-O. C'est sûrement la première fois qu'on lui flanque un tel coup, il ne sait plus quoi dire. Toi, de ton côté, tu as le triomphe modeste, le verre délicatement tenu entre les deux doigts tu regardes au travers.

C'est là que ton invitée se propose de goûter, histoire de vous départager, l'occasion pour toi de découvrir que son père est dans la vigne, exploitant ou je ne sais quoi, et qu'en vin elle s'y connaît pas mal. Le pire c'est qu'elle te raconte tout ça avec une décontraction horrible, en même temps qu'elle te prend langoureusement le verre des mains, quasi érotiquement. Là-dessus elle goûte en faisant bien claquer sa langue, elle retourne sa gorgée en te fixant droit dans les yeux, amoureuse au possible, et c'est là que quelque chose en elle se trouble, puis bascule, au point que subitement elle te fixe mais sans plus te regarder, d'un coup tout ton personnage s'efface, le grandiose en toi recule, toi qui n'es même pas foutu de reconnaître un gevrin-montrachet de cette qualité-là, même pas foutu de relever une telle merveille, un millésime si pur et signalisé… Au lieu de reposer le verre elle te le balance à la figure, ajournant soudain tes faux-semblants, puis se lève, et c'est là, histoire de retrouver un peu de contenance, que tu demandes au sommelier si ça tache, le gevrin-montrachet.

PORTABLES

Au moment de s'asseoir, ils les ont tous posés sur la table, comme on dépose les armes, et vous qui n'en avez pas, vous vous êtes senti amoindri, dépossédé d'une attitude.

Votre avis est pourtant arrêté au sujet des mobiles, d'un certain point de vue on peut même vous considérer comme un militant, le réfractaire absolu. De vous retrouver parmi quatre partisans vous place de fait dans la position de l'ascète au milieu du banquet, et comme très vite la conversation se porte là-dessus, les modules, les tarifs, les codes d'accès, vous sombrez d'office dans la relégation. Ils vont même jusqu'à vous omettre au moment de trinquer.

Depuis quinze ans ces quatre-là sont vos meilleurs amis, cela dit, à travers eux, vous sentez qu'il est un des grands virages de la civilisation que vous venez ni plus ni moins de manquer. À moins que ce ne soit un problème d'amplitude sociale. Cette nécessité d'être joignable à tout moment est l'affirmation d'une importance, et s'il est des hommes sur cette planète dont la disponibilité est déterminante, vos amis en sont. Ainsi vous concevez l'honneur qu'il y a d'être assis à leur table, le simple fait de les fréquenter vous rehausse.

En somme tout se passe bien pour vous, jusqu'à ce que passablement confus ils se retrouvent tous les quatre au téléphone. Du coup vous sentez poindre l'ostracisme, vous attendez même qu'ils finissent leur communication avant de toucher à l'assiette qu'on vient de vous servir.

Comme les conversations s'éternisent, vous commencez à manger. L'un d'entre eux a un petit signe pour vous dire que vous avez bien fait, même si les trois autres, chaque fois que vous choquez vos couverts dans la faïence, vous font des grands signes excédés. À partir de là vous êtes plus vigilant. À chaque fois que vous touchez votre verre, vous limitez la résonance, vous découpez posément les côtelettes, vous mâchonnez prudemment. Ce qui vous obsède c'est la peur du hoquet, la moindre émotion au moment de manger vous déclenche ça.

Tout de même, vous notez la délicatesse de Philippe, le seul à s'excuser vraiment, même s'il recompose déjà un nouveau numéro, coup de fil visiblement important, en rapport avec le précédent. Les trois autres par contre persistent avec leurs correspondants, considérablement absorbés. À un moment, vu la juxtaposition de certains propos, vous avez craint qu'ils ne se téléphonent entre eux, et qu'à votre insu la conversation ne se soit nouée autour de cette même table. Ce serait idiot.

Sur le point de plonger la cuillère dans les profiteroles, pris par le scrupule, vous vous dites que ce serait sympa de les attendre, le temps au moins qu'ils finissent leur apéritif. Seulement, les glaces vanille étant ce qu'elles sont, ductiles et faibles, il faut vous résoudre à les attaquer, sans quoi les choux auront fini par sombrer. Votre attitude est une nouvelle fois encouragée par vos amis qui, en masquant le bas du combiné vous chuchotent les uns après les autres que vous avez bien fait.

Plutôt que de commander le café tout de suite, vous temporisez, histoire de griller une cigarette. Là par contre ils vous en dissuadent tous en faisant de grands gestes, à cause de la fumée. Alors vous commandez le café. Ou plutôt un déca.

Ils ont l'air assez contents d'eux-mêmes en raccrochant leur engin, un rien suffisants, peut-être même qu'il y a un peu de condescendance dans leur façon de vous demander si vous avez bien mangé, comme on le demande parfois aux enfants, ou tout autre subalterne.

Par contre, là où ils retombent tous de leur altitude, là où vous triomphez, c'est quand le patron en personne vous apporte votre café, tout en vous glissant, avec ce qu'il sait de déférence :

— On demande Monsieur au téléphone.

L'AÏEUL, À PEU PRÈS

Un homme averti en vaut deux, peut-être même trois. Et pourtant à nouveau vous vous retrouvez là, à la droite du grand-père, submergé par son inconséquence.

S'il n'était pas à proprement parler question de vie ou de mort, l'épisode pourrait prêter à rire. Bien sûr, la précarité de la voiture y est pour beaucoup, seule la 4L offre tous les agréments de l'approximation, ce mélange d'ondulations latérales et de flottements aqueux, cela dit, dans l'hypothèse du choc frontal, Dieu sait ce qu'il en resterait.

Les autres voitures vous croisent toujours de trop près, les virages s'abordent par la gauche, et pourtant vous ne bronchez pas. Après tout le grand-père c'est le géniteur absolu, celui qui fit jadis huit enfants à la grand-mère, celui qui arrosa de vies toutes les pièces de la maison, plantant des berceaux comme l'armée ses drapeaux. Après tout, ce bonhomme a su se préserver intact jusque-là, confrontant sa physionomie à toutes sortes de périls, sorti vainqueur de deux guerres mondiales et de quantité de voyages aéroportés, ayant dans l'ordre surclassé le scorbut, déjoué l'anophèle et survécu à sa femme, d'une certaine façon ce n'est certainement pas une 4L qui en viendrait à bout. À considérer le fil curieux de sa trajectoire, ces écarts incroyables qui en fin de compte se résorbent chaque fois, vous vous dites que tout cela doit procéder d'une connivence particulière avec le destin, d'une affinité céleste, que l'ancêtre jouit de la bienveillance des dieux.

Pourtant il est des situations où vous ne tenez plus, des passages où vous vous agrippez aux poignées tout en freinant de tous vos pieds. Vous vient même le réflexe de ramener votre épaule gauche quand une voiture vous croise de trop près, de vous écarter mentalement, et tant qu'à faire de fermer les yeux.

Le croisement, c'est le moment de questionner le grand-père, ne serait-ce que pour tester sa vigilance, vous lui sortez une question à propos de n'importe quoi, ne doutant pas que ce regain d'attention que vous sollicitez renforcera son éveil. En général, vous lui demandez l'essence de l'arbre qui vous arrive en face, oui de celui-là, avec un trait de peinture blanche sur le tronc. Encore une fois il se moquera de vous, trouvant désespérant de ne même pas être foutu de reconnaître un platane. N'empêche que vous l'avez fait ralentir, histoire de bien juger de l'espèce.

Tout le long de la route, il vous en vient plein d'autres de ces questions-là, mille préoccupations au sujet de la nature, des arbres ou des oiseaux, et même des nuages, pourquoi pas, une curiosité encyclopédique qui lui fait dire que vous êtes un peu poète, ignare sans doute, mais poète.

Cela dit le coup des animaux n'est pas le plus fameux, le souvenir vous cuit encore de cette buse de l'autre fois, un gros oiseau qui stationnait dans le ciel, et pour lequel, afin de tout bien vous expliquer, le vieillard avait roulé cinq cents bons mètres en fixant l'azur, pointant pour vous des détails sur le vol du rapace, abandonnant la 4L à une forme d'intuition.

D'autres que vous, à votre place, n'hésiteraient pas à manifester leur effroi, ils s'ouvriraient même franchement sur leur trouble, mais vous n'y arrivez pas. Pas moyen de désapprouver la conduite d'un patriarche qui a su tracer jusqu'aux préludes du siècle, alors que vous-même, à trente-cinq ans, vous n'avez toujours pas les moyens de vous payer une voiture.

C'est sans doute cette réserve, cette discrétion, qui fait de vous son passager préféré, et votre curiosité à propos de tout...

Cela dure jusqu'au jour où, vaincu de lassitude, il vous demandera de prendre le volant. Et c'est là que vous prenez conscience que cette peur extrême que vous aviez hier, cette angoisse rentrée, n'était rien à côté de celle que vous lui faites endurer.

VOUS EN REPRENDREZ BIEN UN PETIT PEU

Des escargots, quelle bonne surprise.

D'autant que tu nourris une relation particulière avec ces bestioles-là, elles ressortent pour toi d'un enjeu intime, un serment de la plus haute importance, et s'il n'est pas à proprement parler question de vie ou de mort, cela dit on en est pas loin. La dernière fois que tu en as mangé ce devait être il y a vingt ans, à l'occasion d'une première communion quelconque, la tienne en l'occurrence, et vu l'âpreté de la digestion, vu ces accents apocalyptiques qu'avait eus ta nuit, tu avais scellé ce pacte en tenant la main du SOS-médecin, de ne plus jamais rien ingurgiter qui soit de l'ordre du rampant.

Te voilà dans l'impasse, une impasse d'autant plus insurmontable que ces escargots-là on les a faits tout spécialement pour toi, une manière de t'honorer. Tu ne peux retenir ce sale d'œil envers ta belle-famille. Ta marge de manœuvre est d'autant plus réduite que la cassolette est déjà servie, qu'elle est là, sous ton nez. Certes, tu avais bien soupçonné l'odeur au moment de passer à table, mais de là à songer au pire... Résultat, c'est pour toi que les bestioles crépitent dans leur beurre, qu'elles se trémoussent dans la coquille, sordides orifices à l'haleine inenvisageable, impossible.

Tu aurais dû anticiper, aborder le problème dès l'apéritif, prendre le sujet à bras-le-corps et annoncer d'entrée qu'entre le gastéropode et toi il y avait de lourds antécédents, seulement il est trop tard, ta négligence te met face à tes responsabilités, à douze contre un, sans compter ce surplus qu'on te promet déjà.

— Non merci, ça ira très bien comme ça, j'en ai assez.

C'est dommage que tu ne sois pas plus cassant, il en va pourtant de ta survie, car tu le sais, ces petites bestioles-là pourraient parfaitement t'éradiquer du cycle animal.

Mais à un stade aussi avancé du repas, comment refuser ce qui se présente sous les traits du plat principal, d'autant qu'ils t'expliquent qu'ils les ont préparés eux-mêmes, pas moins de deux jours pour les faire dégorger, sans compter ces après-midi à les chasser, à les laver, à les récurer de l'intérieur.

Une façon radicale de te soustraire à ce supplice serait de rompre sur-le-champ, de saborder le couple, de restituer brutalement ta future femme à ses parents, de battre en retraite face à une escadrille de bestioles bien rangées, de repartir seul peut-être, mais vivant.

Dès la première bouchée ton sourire chavire. Autant avec le porc, la dinde, ou même la viande en sauce, il est possible de mâchouiller vaguement, puis de se moucher après chaque bouchée, l'air dégagé, autant pour les escargots le flagrant délit est assuré. Comment garder en bouche une texture aussi souple et bondissante, comment occulter le parfum de l'ail et le caoutchouteux de la chose sans avoir l'air écœuré.

La situation est d'autant plus délicate qu'en la circonstance on te guette. C'est même avec une fébrilité de courtisans qu'on attend de toi une appréciation. Certes, il y a bien le chien sous la table, un caniche qui t'aime bien, mais trop coquet pour l'escargot. Resterait à te caler les mollusques tout le long des gencives, en dentier, à prétexter je ne sais quelle subite allergie pour expliquer l'enflure, et à foncer vers la salle de bains.

Même les escargots ont l'air de se planquer, recroquevillés dans leur coquille, à croire qu'ils ressentent ton aversion.

Pour gagner du temps tu déclares que c'est trop chaud, ce qui passe pour un premier compliment. C'est là que tu pries pour qu'on allume la télé, et qu'on y annonce au cours d'un flash spécial quelque chose de suffisamment extravagant pour détourner l'attention, qu'on te soulage de cette pression. Même pas de télé. Ces gens-là seront un jour tes beaux-parents et ils n'ont même pas de télé dans le salon, au nom d'un soi-disant principe, comme si les conversations de table surpassaient les propos de la télévision. Décidément tu n'as vraiment rien à faire avec eux, rien à voir. Du coup cette politesse excessive qu'ils affectaient en tout, cet empressement permanent, voilà que tout ça t'énerve au plus haut point.

— Eh bien tu ne manges pas ?

Voilà qu'elle s'y met elle aussi, ta future femme, ta quasi-moitié, qu'elle te pousse un peu plus vers la fosse, toute une famille de fossoyeurs, et ils sont là à t'épier, avec le même sourire placide, une bienveillance qui te crucifie plus que tout...

Et c'est là, acculé au fin fond de la non-réponse, que tu entrevois l'issue ; la voilà la solution, l'épouser, la Joconde, pactiser au point d'en faire ta femme, suite à quoi tu lui feras payer les escargots toute sa vie... Avaler une à une les bestioles de la cassolette, être malade toute la nuit, retrouver le numéro de SOS-médecins, peut-être tomber sur le même qu'il y a vingt ans, et après ça jouir toute une vie de ce grief, user jusqu'à la corde cet argument facile, n'oublie pas que tes parents ont failli un jour m'empoisonner, et qu'on est pas près d'y refoutre les pieds chez tes vieux, ces vieux ronchons qu'ont même pas de télé, crois-moi, de toute ma vie on est pas près d'y bouffer...

Jamais ils n'auront été aussi bons.

PEINTRE AMI

— C'est marrant, il y a là deux chefs-d'œuvre, et toi, tu n'en vois qu'un. Vraiment, tu ne comprends rien à la peinture.

Par contre, vous connaissez fort bien le peintre, vous y êtes même lié par une indéfectible amitié, une sympathie renforcée par l'admiration aveugle que vous lui portez, ne serait-ce que par précaution.

Après tout, ces tableaux-là sont peut-être géniaux, tout comme ceux de l'année dernière, et tous ceux des années précédentes. D'ailleurs, ce n'est pas le moindre mérite de ce talent-là que de n'être toujours pas reconnu.

— Mais dis-moi, cette femme-là, ne serait-ce pas un peu la tienne ?

Vous n'ignorez pas à quel point vous le flattez en lui disant ça, d'une part parce que vous avez perçu que cet assemblage de cônes noirs, disposés en croix, symbolisait une femme, et que la tonalité générale de l'ensemble évoquait on ne sait quoi de Sarah, cette douce brune avec laquelle il n'est plus, du fait même qu'elle soit partie vivre avec un marin grec, il y a plus de quinze ans de cela.

Mais bien sûr que c'est elle, c'est elle comme au premier jour, toujours aussi obsédante, toujours aussi peu partie. Alors une fois de plus, il vous faudra supporter le couplet sur la déesse-femme, sur sa façon d'embrasser, une fois de plus il vous fera le couplet de la fumeuse nostalgie, et pendant tout ce temps-là vous tiendrez votre regard sur ce magma d'ombres froides, de fantômes happés, vous leur ferez face aussi recueilli que possible, aussi concerné, lançant juste de petits coups d'œil complaisants à l'artiste, oubliant délibérément, par fraternité ou par compassion, le malaise global que suscite en vous cette toile désespérément, comment dire, désespérante.

Puis, soudain moins lyrique, moins emballé, il vous demande sur le ton de la plus parfaite confiance, de la connivence la plus affichée, le prix que vous seriez prêt à mettre pour cette œuvre-là... À nouveau vous vous sentez pris au piège d'une vieille amitié. Tout de même, en homme responsable il faut savoir répondre, en veillant toutefois à ne pas trop sous-évaluer, mais à ne pas trop surestimer non plus, au cas où... À ce jour, vous pouvez déjà vous honorer de posséder la collection complète. Car ces toiles qu'il y a là, pour la plupart, elles sont à vous, elles vous appartiennent, même s'il est convenu qu'elles restent à demeure dans l'atelier de l'artiste, disposition qui dans le fond arrange tout le monde.

Une fois à table il vous refera le topo sur la peinture parafigurative, comme quoi il n'y a que les Hollandais à avoir compris quelque chose à la teinte, au dessin aussi d'ailleurs, ceux de l'école flamande en tout cas, ceux dont les noms se terminent en eck, des noms qu'il ressort à tout bout de champ, à toutes les sauces, des patronymes complexes qu'il case dans la moindre conversation et dont vous vous demandez toujours s'il ne les improviserait pas un peu... Qu'importe, ça ne manque pas d'impressionner les noms en eck, ou en ink, ne serait-ce que pour l'exotisme de la prononciation... Alors que le Michel-Ange, lui, par contre, il n'a rien compris, et quand bien même un pape lui a-t-il commandé un plafond et une poignée de pietà mystiques, quand bien même aurait-il fait un Moïse assez ressemblant, il n'empêche que c'est loin d'être un cador le Michelangelo, tout juste un anatomiste...

Ce soir, il piétinera Michel-Ange tout au long du repas, et vous, lâche que vous êtes, vous ne ferez même rien pour le défendre, vous irez même jusqu'à cautionner les plus épouvantables assertions, et au comble de la mauvaise foi, pour bien marquer votre préférence, au moment où il vous demandera ce que vous choisiriez entre un Michel-Ange et une de ces toiles à lui, sur le ton de la plus parfaite évidence vous lui répondrez : la tienne pardi...

C'est à ce moment qu'il vous fera une bise en vous serrant bien fort dans ses bras, comme il le fait chaque fois qu'il est un peu *parti*, juste avant d'ouvrir la dernière de ces cinq bouteilles que vous aurez amenées avec vous. C'est terrible mais, quelle que soit l'emprise que vous avez sur l'artiste, quelle que soit la prédominance de votre statut de mécène, chaque fois vous vous laissez faire, quand bien même vous répétez cent fois qu'il est tard, qu'il est l'heure de rentrer, chaque fois il vous retient.

Ces épreuves-là vous sont pourtant insupportables, mais vous les endurez, vous les vivez avec la profondeur d'un abîme, atteint que vous êtes par la désillusion fondatrice de cet homme, désillusion d'autant plus maléfique qu'elle ne se réalise même pas. L'autre épreuve sera pour vous de tenir un tant soit peu l'alcool, car votre compère ne supporterait pas que vous restiez à quai, il ne supporterait pas de vous savoir en rade alors que lui aborde déjà les étourdissements des marées d'équinoxes. Pour le rejoindre, vous irez même jusqu'à dépasser les bornes, les vôtres en tout cas, celles qui ne vont jamais au-delà de deux verres, trois à la rigueur, sans quoi c'est tout l'océan qui remonte. Une fois encore vos scrupules l'emportent, une fois encore la compassion vous gagne. Vous savez la peine que vous lui feriez si vous ne buviez pas, à quel point il se sentirait seul si vous ne participiez pas à son échouage.

C'est dans ces dispositions que vous abordez un quatrième verre, mais si l'autre Van Gogh est de ces constitutions qui supportent le tangage, si demain dès l'aube il sera refait à neuf, opérationnel et réjoui, vous de votre côté il vous faudra trois jours pour vous en remettre, trois jours de diète absolue pour estomper la gîte, et un mal de tête à maudire toute l'histoire de la navigation. Encore une chance que ce soir il ne vous parle pas de sortir, sans quoi cette cuite-là que vous lui concédez, cette cuite que vous prenez pour lui faire plaisir, elle vous coûterait dix fois plus cher, sans compter la charge énorme d'avoir à tout assumer, à conduire la voiture et à régler les notes, à calmer les barmen ou les consommateurs qu'il aurait insultés... Rude activité que la peinture, vocation dans laquelle, en plus du fameux coup d'œil, une bonne santé aussi est requise.

Vers les trois heures du matin, les bouteilles sont toutes vides, et de son point de vue il n'est toujours pas tard. Tout de même, en homme responsable que vous êtes, vous redressez la situation, vous vous levez malgré ces deux mains fermes qu'il pose sur vos épaules, et alors qu'il vous supplie de rester encore un peu, qu'il se fait tellement implorant que c'en devient poignant, vous lui faites sèchement une offre pour son ultime chef-d'œuvre, celle avec Sarah emmêlée, ce qui aura le mérite de le rasseoir, et de l'apaiser au possible.

Trois mille. Deux mille neuf. Voilà le prix de votre libération ce soir, sur caution.

Une fois au volant vous conduisez calmement, vous roulez toutes vitres ouvertes, et en guise de pensée vous regrettez amèrement que votre meilleur ami ne soit pas poète, ou écrivain. Un poème, ça va jamais chercher dans les trois mille francs.

FRIGO

Comme pas mal de parents, les vôtres seront restés discrets quant à la formulation d'un moindre enseignement, de la transmission de certaines valeurs, dans le fond la seule consigne qui subsiste vraiment de votre éducation, la seule règle dont vous percevez encore l'écho, c'est de continuellement veiller à ce que soit bien refermée la porte du frigo.

Depuis le temps que vous volez de vos propres ailes, plus d'une fois vous avez déjà fait les frais du non-respect de cette consigne, car pour l'avoir laissée ouverte un jour de départ en vacances, à votre retour vous n'aviez pu que constater les dégâts.

Jusque-là ce genre de petites remontrances avait le don de vous énerver, mais de vous les entendre dire à quarante ans passés, voilà qui carrément vous exaspère.

Si bien que lors de ce petit dîner à trois, quand la remarque fuse, en plus de vous surprendre elle vous renvoie à un tout autre état de l'ego, pour un peu vous en retomberiez en enfance. D'un coup vous n'êtes plus cet homme, ce matador affranchi dont les bras font le tour de sa femme, mais le pâle objet assujetti à l'affection de sa mère. Vous en voudriez presque à cette blonde malencontreuse qui est assise à côté de vous, vous lui en voudriez d'éclipser le charme fané d'une douce maman, vous lui en voudriez de cette préférence que vous lui marquez, alors vous concevez toute la magnanimité de votre brave mère, puisqu'elle en est à supporter que vous soyez assis, non pas à côté d'elle, mais auprès d'une parfaite étrangère.

Le repas se poursuit sans que personne ait réellement à en souffrir, et même si elles ne sont pas à proprement parler spectaculaires, les dispositions culinaires de votre compagne supportent largement qu'on se reserve. Pourtant, comme le dit votre mère, il y avait dans tout ça une patate pas trop bien épluchée, et l'ail manquait incontestablement. Par contre le dessert fera, lui, l'unanimité, puisque c'est maman qui l'a apporté.

Dans le fond ce petit dîner se passe bien, jusqu'à ce moment où vous ne savez pas quelle mouche pique alors votre compagne, mais voilà que, sans du tout vous prévenir, sans même vous le demander, elle pose sa main sur la vôtre... Vous ne lui connaissiez pas cette impudeur-là. Du coup vous ne savez plus comment la gérer cette main, car s'en défaire trop vite tiendrait du reniement, tandis que s'afficher dans cette ostentation du couple, face à votre pauvre mère, confinerait carrément à la provocation. Faute de réagir vous gardez cette chaude main sur la vôtre, et prenez l'air de celui qui s'excuse. Vous ne lui avez jamais autant souri à votre mère, c'est peut-être même la première fois qu'elle vous voit lui sourire à ce point. Cela dit il ne faudrait pas pour autant qu'elle vous croie heureux, ce serait le comble pour vous qui avez fugué deux fois. Ce serait le comble que cette mère, qui vous a vu souffrir de devoir vivre avec elle, vous voie dorénavant réjoui avec une autre.

Votre main est si coincée, la tension est si tenace, que pour s'y soustraire il faudrait non pas s'en défaire mais s'en arracher. Alors, pour minimiser le spectacle de cet accouplement qui vire à l'obscène, vous faites diversion avec votre main droite, vous tapotez, vous roulez des mies de pain, et les lancez en pichenettes. Bien sûr maman trouvera curieuse cette façon de jouer, bien sûr elle plissera le front en jugeant la nature de vos distractions. Toujours est-il que de vos deux mains la plus coupable est occultée, et que l'autre, même si elle vous accable d'un relent d'immaturité, fait diversion.

En considérant ces mies de pain qui volettent un peu partout dans la pièce, contrairement à ce que vous auriez pu penser c'est votre future femme qui la première intervient, vous priant de bien vouloir arrêter. Là dessus votre mère la rejoint, elle cautionne la réprimande. Du coup la main se libère, et si vous ressentez un léger désaveu, il n'empêche que vous avez eu ce que vous vouliez.

À nouveau vous pouvez reprendre le cours du repas, à nouveau vous vous laissez flotter dans cette conversation qu'elles arrivent à nouer entre elles. Elles se trouvent même des intérêts communs, des préoccupations partagées, de telle sorte que vous n'avez même pas à intervenir, et continuez de rouler vos boulettes tranquille.

Au fond, jusqu'à la fin de la soirée vous auriez pu être peinard comme un pape, vous auriez pu être le plus souverain des hommes, s'il n'y avait eu cette petite remarque au moment du sorbet, quand votre femme vous a demandé d'aller chercher les glaces, et que depuis la salle à manger vous l'avez entendue vous enjoindre, sur un ton presque anodin: mon chou, n'oublie pas de bien refermer la porte du frigo.

SAUTERA, SAUTERA PAS

Te voilà piégé dans la situation la plus inconvenante qui soit, la plus périlleuse en tout cas, tout ça pour leur faire peur, les apitoyer, alors que dans le fond tu sais bien que tu ne sauteras jamais.

Pas de doute que la démarche est un peu excessive, que tu voulais juste donner un peu de poids à tes arguments ; de là l'idée de la fenêtre.

Tout de même, il s'agit du cinquième. Ils ont coutume de dire que de chez eux la vue est imprenable, et voilà que pour une fois tu l'embrasses sur trois cent soixante degrés, mieux que personne.

Face à tes parents l'argument est un peu facile. Ça ne faisait aucun doute que l'astuce prendrait vite, d'ailleurs tu les impressionnes à un point tel, qu'ils n'osent même plus réagir. Ils n'ont même pas le réflexe de te foncer dessus afin de te dissuader. À quoi bon menacer de se défenestrer devant tout le monde, si personne ne réagit.

Que le temps est long sur le rebord d'une fenêtre, une chance que la Cocotte-Minute se mette à hurler depuis la cuisine, une intervention parasite qui mine de rien te permet de temporiser, de gagner un peu de temps.

Complètement paniquée, ta mère fonce dans la cuisine, histoire d'au moins sauver les petits pois, de sauver au moins ça de la soirée, alors que ton père reste planté là, à te contempler sur ton perchoir, sans trop y croire, lui qui supporte déjà si mal de t'avoir vu grandir. Jamais tu n'as été aussi grand. Total, tu survoles tout, tu stationnes dans la posture du condor, un peu voûté malgré tout à cause de la tringle à rideaux, pas véritablement rayonnant, mais définitivement le plus grand.

À la va-vite tu révises ton argumentation, tu te ménages une sortie, sans quoi la situation menace de se bloquer, d'autant qu'il fait un peu frisquet dehors, et ce serait bête de s'enrhumer. Voilà plus de vingt fois que tu leur répètes que s'ils font un pas de plus tu sautes, et puisqu'ils n'avancent pas, qu'ils n'osent pas, alors évidemment on s'enlise. Le plus idiot serait de perdre l'équilibre.

Vu sa mine décomposée, tu sens qu'il faut rassurer ton père, lui garantir qu'en aucune façon tu n'abîmeras ses montants, lui qui vient tout juste de les repeindre. En revenant de la cuisine c'est d'ailleurs bien ce qui choquera le plus ta pauvre mère, de voir cette peinture que tu te mets sur les doigts, et par conséquent sur la chemise, et regarde-moi cette tache que tu t'es faite dans le dos… C'est alors que le plus méchamment du monde tu lui lances que le white-spirit c'est pas fait pour les chiens, et que de toute façon là n'est pas le problème… pris par un accès de conciliation tu vas jusqu'à leur jurer que tu referas toi-même les raccords, que tu retrouveras la même teinte de blanc cassé, quant à la chemise tu la mèneras toi-même au pressing…

Sans avoir le vertige, la posture t'incommode pourtant, surtout en considérant ce voisinage croissant qui un peu partout se mobilise. Déjà qu'à trois la situation est difficile à gérer, si tout le quartier s'y met, à coup sûr tu vas droit au ratage.

Tu en étais où déjà ? Ah oui, qu'à cause d'eux ta vie est foutue, que s'ils te refusent cette avance dérisoire elle le sera plus encore… Bien sûr tu mesures la disproportion que tu donnes à cette énième altercation, mais c'est là tout le problème des situations à engrenages.

Comble du désagrément, voilà que le téléphone se met à sonner. Ta mère, toujours aussi pratique, te lance d'attendre une seconde. Sans aucun sang-froid, aucun respect non plus, elle apprend à sa mère que son fils chéri est en plein suicide, elle le lui annonce aussi platement que possible, même si elle perd un temps fou à lui donner tous les détails de la configuration. À un moment tu es même obligé de la reprendre, car elle prétend que tu as déjà lâché prise, que tu ne te tiens plus au balcon.

— Mais c'est pas vrai, bien sûr que je me tiens... et le tout à haute voix, révolté que tu es par le mensonge.

Tu ne te lasses pas de cette perspective en bas, cette maniabilité qu'y gagnent les voitures, cette disposition satisfaisante qu'ont les choses dès lors qu'elles rétrécissent. Défilent aussi quantité de gens imperturbables, qui n'y croient pas. Tu mesures à quel point c'est gênant de s'exhiber ainsi, sans la moindre retenue, d'autant que tu es plutôt du genre discret. Pas de doute que l'arme blanche eût été plus sobre : se caler le couteau sous la gorge en menaçant de le planter, mais chez tes parents ils n'ont jamais bien coupé. Quant au fusil, dans la famille, personne n'en a. Dans la famille, vous seriez plutôt pêche à la ligne. Pas suicidaires pour un rond.

Ils sont attendrissants à voir comme ça, à se tenir par le bras, une hébétude sans doute très proche de celle qu'ils devaient t'accorder au premier jour, en te découvrant dans le berceau, un mélange de tendresse affligée et de profonde affection. D'une façon ou d'une autre, il va bien falloir que tu retombes sur tes pattes, faire retomber le soufflé.

L'idée de téléphoner aux pompiers est une idée à elle, à croire que c'est la seule qui réfléchisse vraiment. La perspective de mêler des tierces personnes à l'histoire ne t'enchante guère, d'autant que ça mettra tout le monde mal à l'aise. Tu te vois mal faire le gibbon devant un détachement de soldats du feu, et qu'ils te cueillent à la grande échelle, moralement ça te ficherait un coup.

Il n'est peut-être pas trop tard pour faire volte-face, leur dire que c'était pour rire, désamorcer le psycho-drame sur un ton d'humoriste, et reprendre bien vite la petite soupe de pois cassés qui est là à refroidir. Après tout, pourquoi pas, d'autant que par expérience tu sais que ça marche, la béatitude du soulagement l'emporte toujours sur l'envie des représailles. Pour te suicider au moins une fois par mois, en gros au moment du loyer, tu sais bien que tout le monde est ravi de te voir chaque fois ressusciter.

Aujourd'hui encore c'est ce qui se passera. Ayant pris le pli, ton père vient même t'aider à redescendre, toujours à cause du fait que la peinture est fraîche, tandis que ta mère, toujours un peu plus émotive, referme la fenêtre sans s'arrêter de renifler. Suite à quoi, comme les acteurs à la fin de la prise, tout le monde va se rasseoir, on réchauffe un peu la soupe, on remonte le chauffage…

— C'est vrai qu'il fait vraiment un froid de canard.

L'ASCENSEUR À SOI

Celui-là n'offre même pas l'agrément de la sonorisation. Malgré l'expression qui leur attribue une musique en propre, rares sont ceux à être effectivement sonorisés. Dommage, parce que les accords d'un quelconque sirop, une roucoulade en boucle ou du xylophone à volonté, voilà qui distrait du confinement, d'un toujours probable mal de l'espace. Par contre rien ne soulage de l'intrus, celui qui nous détourne de l'étage initial, et qui se plante là, pour tout dire dans ton ascenseur. Une chance que ce genre de trajet soit bref.

Cinq étages tout de même, cinq étages à vivre avec cet importun qui te force à faire un détour par le – 5. Les ascenseurs à niveaux négatifs ont ceci de plus équivoque que les autres, qu'au lieu de fuser vers de vrais étages, de transporter hors de l'attraction terrestre, ils s'enfoncent dans les arcanes pisseux et jamais franchement éclairés...

En l'occurrence un parking, de ces ascenseurs marqués par les relents douteux, quant à l'importun il s'agit d'une femme, plutôt âgée, probable grand-mère, sans doute inquiète, surtout qu'il est tard.

Très vite se pose le problème de la contenance. Que faire de ces mains, de ces bras, de ces jambes, ce subtil dispositif mais qui encombre dès lors qu'on s'y concentre. En la circonstance, comment apparaître le moins possible, faire comme si tu n'étais pas là. À coup sûr, le premier réflexe qui vient dans un ascenseur, dès lors qu'on cherche à prendre du recul, c'est de regarder les numéros, scrupuleuse série lumineuse, rassurante dans le fond. Tu perds ton regard sur ce décompte parfait, tu suis ça avec l'estime d'une révélation, sans surprise. Il est là le spectacle des ascenseurs, dans l'arithmétique, si l'on excepte le genre parfait des modèles vitrés.

Au pire il y a toujours l'agrément d'une littérature facile, le mode d'emploi. Quant à l'affichage de la tare maximale il offre une possible réflexion, déduire, en fonction du nombre de passagers annoncés, si tu es dans les normes d'un poids que l'on considère comme normal.

Mais ce module-là est sans littérature, c'est le genre d'ascenseur un peu sauvage, passablement dépouillé, ayant pas mal baroudé. Pas la moindre distraction là-dedans, pas même une glace pour se satisfaire d'une apparence potable, se redécouvrir à la faveur d'un éclairage soutenu, rien vraiment à regarder, même pas la petite mémé, puisque tu l'as dans le dos, une pauvre abstraction qui t'occulte parfaitement.

Le sifflotement te vient. D'habitude tu ne sifflotes jamais, pas plus dans la voiture que dans la salle de bains, alors évidemment tu sifflotes mal. La dame n'aura même pas le loisir de reconnaître l'air. La pauvre, pour elle ce doit être un désagrément absolu. Pas étonnant qu'elle s'inquiète. Elle est là, en compagnie d'un inconnu qui sifflote mal, un type étrange qui lui a dit exagérément bonsoir, qui lui a même demandé son étage afin d'appuyer, et qui devient de plus en plus nerveux. À sa place tu aurais peur.

C'est là que te vient l'idée de siffler un hymne. Un hymne, voilà qui ne manquera pas de la rassurer.

D'instinct, c'est *God Save the Queen* qui te vient, solennel et enlevé. Tu n'es pourtant pas anglais. En tout cas elle ne réagit toujours pas.

Si ça se trouve, elle ne t'a même pas remarqué, même pas vu. Un comble. Comment est-ce possible, dans à peine plus de deux mètres carrés, de ne pas te remarquer ? Serais-tu à ce point anodin ?

C'est décidé, une fois au – 5, son étage à elle, tu ne t'écarteras pas du passage, pour voir, jusqu'à temps qu'elle te demande pardon. C'est vrai, quoi, elle n'a pas dit un mot depuis le début, même pas répondu à ce minime bonsoir que tu lui avais mâchouillé. En gros voilà près de cinq étages qu'elle voyage dans ton dos, sans la moindre réciprocité, cinq étages qu'elle t'ignore superbement, qu'elle t'inonde de son air absent, qu'elle te hante comme un criminel, de ces assassins qui se fondent d'abord à l'ombre de leur victime, avant de s'y glisser, de s'y confondre, et de remonter prudemment jusqu'à toi pour te tirer dans le dos...

Jamais tu n'aurais cru qu'un signal d'alarme puisse faire autant de bruit, jamais tu n'aurais supposé que ça puisse effectivement tout bloquer, paralyser le processus et te retenir ainsi, passablement suspendu, jusqu'à l'arrivée des secours.

Maintenant va lui expliquer pourquoi t'as fait ça, et quelle mouche t'a piqué.

SHIT

L'Empereur au cœur de la bataille, avec autour de lui ses soldats qui tombent comme des mouches, sous lui un cheval qu'on sabre à hauteur des genoux, des artificiers qui implosent en envoyant l'obus, des poignées d'ennemis enterrés à même la glace, et un Napoléon impérial au-dessus de tout ça, qui ne s'enrhume même pas, pas même la plus petite quinte, rien. Ce soir vous êtes dans ce genre de dispositions, un brin napoléonien.

Que ne raconte-t-on pas sur les banlieues, qu'il y aurait un péril à s'y promener, que des hordes d'enfants sauvages vous pilleraient vos effets, ou que les chiens vous boufferaient rien que du regard. Ceux qui colportent ces affirmations outrancières, ce sont les journalistes, toujours en quête de spectaculaire, ou des retraités aigris. D'instinct vous le savez bien qu'il n'y a rien à craindre, pas le moindre danger. C'est vrai que vous n'êtes pas journaliste. Vous votre truc c'est la communication, au sens large, pour vous rien n'est plus important que de paraître en confiance et décontracté, en toute circonstance. Et pour atteindre ce détachement il est des substances qui aident bien. Ce serait trop commode de dire haschich. Drogues douces ça minimise.

L'autre truc aussi, c'est de vous faire bien voir par la profession, alors évidemment vous en achetez pour tout le monde, au moins ça vous donne un statut, ça fait de vous un type incontournable. De toute façon ils ne seraient pas nombreux les collègues à vouloir venir à votre place, ici, à Saint-Denis, et zoner de bloc en bloc pour retrouver le bon, celui où se poste le deal. C'est vrai aussi que vous avez fait du judo, de douze à quatorze ans, il doit bien en rester quelque chose. C'est vrai aussi qu'il vous arrive d'écouter du rap, autant dire que la banlieue c'est comme un langage, et que vous possédez l'interface. Par contre des préjugés vous n'en avez pas. Pas d'états d'âme non plus. Vous savez à quelle porte sonner. On vous ouvre, vous payez, et vous ne vérifierez qu'après, en cachette dans la voiture.

La banlieue vous connaissez bien, un jour vous y avez même tourné une pub, un mannequin nue sous une fourrure, avec un tas de sales types un peu destroy tout autour, pour faire banlieue. D'ailleurs, ce jour-là, même avec l'aide de la police vous aviez eu du mal à les retenir, à leur faire comprendre que la fille était des vôtres, et le manteau aussi, que tout ça c'était pour rire.

De toute façon l'aventure vous excite, plutôt du genre affranchi comme garçon, aussi à l'aise dans le bureau du président de Nestlé qu'au beau milieu de cette cité en vrac. C'est pourquoi, quand ces deux-là s'approchent pour vous parler, d'emblée vous leur tapez dans la main comme on le voit faire dans les clips, d'emblée. Jamais vous n'auriez le mauvais goût de leur dire bonjour comme au président de Nestlé.

C'est votre âme d'anthropologue qui vous pousse à toujours explorer, friand de tous les exotismes, par contre, quand après la cigarette et le feu ils se mettent à vous demander votre carte bleue, toujours sur le même ton, là tout de même vous les amenez à transiger. Là-dessus vous leur faites comprendre que vous n'êtes pas un touriste, loin de là, pour marquer que vous êtes bien en terrain connu vous leur balancez allégrement le nom du type chez qui vous allez, et le motif de la visite ; en somme si ces deux-là étaient de la police, en dix secondes vous en prendriez pour cinq ans et vous feriez embarquer tout le quartier. De là ils se mettent à vous gratifier d'insultes, un florilège d'appellations inconnues, des nouveautés, et puisqu'ils vous réclament maintenant le portefeuille tout entier, contenant et contenu compris, vous vous devez de hausser le ton, menaçant même de leur flanquer un bon coup de pied dans le cul si ça continue. L'effet de surenchère aidant, ils veulent aussi vos chaussures, des Beltrami à deux mille, d'ailleurs en vous déchaussant vous leur en faites l'article, comme quoi le cuir de Toscane vaut cent fois celui des Anglais, beaucoup plus écologique en tout cas... De tout ça ils s'en foutent, ce qui les intrigue maintenant c'est votre porte-clés BMW. Mais là-dessus vous mentez, de la BM vous dites n'avoir que le porte-clés. Quant à leur filer votre téléphone portable, après tout c'est de bonne guerre, un téléphone c'est fait pour être prêté.

Voilà qui les a un peu calmés, signe qu'avec de la bonne volonté on peut s'entendre avec tout le monde. Au fond c'est l'agressivité qui fait que les gens communiquent mal, il faut savoir la dépasser. En se montrant calme et compréhensif on résout tout, quitte à simuler.

Quel humour ces petits gars, voilà maintenant qu'ils veulent que vous vous foutiez à poil, comme s'il s'agissait là d'une épreuve, d'une humiliation, alors que la nudité, c'est l'exercice fondamental de vos thérapies de groupe, ces stages d'expression corporelle payés par l'entreprise et qui visent à l'optimisation de l'effectif. De toute façon, vous, rien ne vous gênera jamais, rien ne vous choquera, mais comment diable leur faire comprendre que vous êtes au-dessus de ça... C'est bien le signe que ces gamins-là, tout délurés qu'ils se prétendent, n'en sont pas moins soumis à un conformisme terrible, un souci de la convenance, en fin de compte ce sont eux les bourgeois. Alors qu'importe, puisqu'il n'y a rien là d'extravagant, vous ôtez un à un vos effets, sans vraiment broncher, sans vraiment contredire, d'autant que le pistolet du grand mince a l'air chargé.

Le coup du pistolet est pathétique lui aussi. Quand on y pense, de devoir se balader avec un calibre pour avoir de l'autorité, tirer sa contenance de ces ustensiles douteux, de la part de grands gosses comme eux, d'au moins douze ans, peut-être même treize, c'est franchement désolant... Voilà bien l'indice d'une civilisation plus puérile que méchante, pour finir son seul vice c'est de sombrer dans la facilité. Une chance tout de même qu'ils ne vous aient pas fait le coup du pitbull, car autant vous aimez les humains, autant vous ne supportez pas les chiens, mais alors pas du tout.

Pas méchant de les voir repartir avec vos fringues et le portefeuille dedans, et même les clés de l'appartement ; pas drôle, mais pas méchant. Maintenant, de là à dire que vous avez eu peur, alors là il y a un pas que vous ne franchirez pas. Cela dit, rien ne vous force à le répéter, en tout cas vous ne vous vanterez certainement pas de l'avatar. En général, vous en rajoutez toujours sur vos déplacements en banlieue, vous décuplez le péril qu'il y a à aller chercher du shit dans les quartiers chauds, la rudesse des hommes, la violence de la transaction, une vraie expédition... Mais là, d'avance vous projetez de la jouer sobre, un peu évasive au demeurant, parce qu'en plus de la carte bleue il y avait aussi un peu de liquide dans le portefeuille, quatre ou cinq mille francs seulement, qu'on vous avait avancés... seulement vous ne voulez pas leur dire aux deux gars, vous préférez leur laisser la surprise, signe que dans le fond vous êtes vraiment un type sympa. Impérial, quoi.

Coup de Trafalgar

Vos amis sont là sur la plage, le torse déjà nu, les jambes aussi, en slip, quoi, tandis que vous-même restez définitivement habillé.

Depuis que le soleil est revenu ils parlent même de se baigner, et vous, avec un aplomb se dérobant chaque fois un peu plus, vous leur répondez que non, vous n'avez pas chaud, par vingt-huit degrés, surtout en plein juillet, ce n'est pas assez pour la baignade. Pourtant, à un moment ou à un autre, il faudra bien les enlever ces habits, il faudra bien les ôter ces paravents qui ne vous occultent jamais qu'à vous-même.

Autour de vous, tous jusqu'à votre femme sont là à jouir de cet air chaud et flou, fondant chaque minute un peu plus dans des huiles suaves et douces. Deux d'entre eux se sont même endormis, mais d'avance vous savez que dans cinq minutes ils se réveilleront, et qu'immanquablement ils vous lanceront un regard défait d'incrédulité, vous balançant pour la énième fois : t'as pas chaud ?

Vous les dédaignez ces gisants, tout autant que vous les redoutez, vous les regardez de haut tout en comptant sur l'hiver pour vous refaire une santé, parce que là, à nouveau, ce sera votre tour de briller, à nouveau, vous les battrez au Trivial Pursuit et les étourdirez de votre conversation, avec l'hiver reviendra le temps de la parole et de l'érudition, et vous serez enfin sorti de cette époque imbécile où le soleil neutralise tout.

En attendant vous êtes là, dans le périmètre cir-
conscrit par l'ombre du parasol, à jouer évasivement
avec la pelle et le seau des petits. À l'école, vous avez
pourtant scrupuleusement respecté les cours d'éducation physique, vous ne doutiez pas que cette assiduité
vous vaudrait un peu de muscles, une moindre corpu-
lence, et pourtant, rien de tout ça ne vous est venu.
À croire que vous n'êtes pas un tempérament à
muscles. Alors, en plus des séries de pompes, vous
mettiez des pull-overs sous vos chemises, pour gagner
en volume. Vous aviez beau manger tout ce qu'on vous
donnait à table, ce qu'il faut de purée et de protéines,
jamais rien ne s'est vraiment passé dans votre corps,
rien ne s'est véritablement développé, sinon l'intention
farouche de compenser par la lecture.

Puis il y eut cet âge cruel où le corps des hommes
s'affirme, comme une issue à l'adolescence, mais alors
que les camarades prenaient en taille, en largeur
et en poids, vous restiez calé dans vos contours
malingres. À croire que l'enfance vous piégeait, s'ap-
pliquant en tout premier lieu à vous retenir par les
vêtements ; du reste, n'eût été l'anachronisme des colo-
ris et des motifs, ces chemises d'alors, vous pourriez
encore les mettre.

L'incontournable supplice, c'est ce moment où les
autres se lèvent avec une idée en tête, celle d'un jeu,
tournant en règle générale autour d'un ballon. Sans
pour autant qu'il y ait là-dessus la moindre provocation, ni la moindre malveillance, ils vous invitent tout
naturellement à jouer avec eux. Vous leur dites non ;
un non global, non au ballon comme à la baignade,
tout comme au badminton ou au cerf-volant, en bloc
vous dites non à tous ces jeux à la con, cette persis-
tance gamine suggérée par le sable.

Le pire, c'est au moment où les mâles, ces quatre
amis que vous avez, se mettent en tête de louer un
petit catamaran, histoire d'aller faire joujou au large.

C'est ça, qu'ils embarquent, les Ulysse, qu'ils se la

jouent braves et défieurs de grand large, mais sans vous, parce que vous, de toute manière, sans avoir le mal de mer, vous n'aimez pas l'eau.

... Mais là, plutôt que de mariner dans un sentiment coupable, plutôt que de vous sentir diminué ou atteint, d'avance vous savez que vous tenez votre revanche, d'ores et déjà vous savez que ce sera bientôt à vous de triompher.

Dans le fond, ce serait peut-être chrétien de les prévenir, de les informer au sujet de ce que vous savez des nuages, surtout de ceux-là, des cumulus, confirmés par ce drapeau rouge qu'un CRS hisse à la hâte en haut du mat. Dans la moindre école de voile, on appelle ça un temps à rentrer.

Leurs femmes en sont encore à vanter leur bravoure, quasi émerveillées, la vôtre par contre se tait. D'avance vous savez que d'ici une demi-heure, quand elles entendront les premiers coups de corne et les grondements d'orage, elles se retourneront toutes vers vous, implorantes et défaites, afin que vous leur expliquiez la foudre, son processus et ses modalités, et vous leur direz tout à ces dames, faute de vraiment les rassurer au moins grâce à vous elles comprendront. Vous reviendra même de les apaiser en leur montrant en quoi le catamaran est très mauvais conducteur, qu'il encaisse bien l'électricité, et qu'avec un peu de chance ils s'en sortiront... En fait vous pourrez leur dire ce que vous voudrez, ce sera vous le sauveur, l'omniscient auquel on se raccroche pour fonder quelque espoir, ne doutant pas une seconde qu'il puisse avoir raison... Encore une fois ce sera vous le héros, tandis que les autres rentreront humiliés et dégoulinants, pitoyables rescapés.

Tout de même, il faudra vous appliquer à avoir le triomphe modeste, sans quoi, pour vos pauvres collègues, ça tournera encore une fois à l'humiliation.

PREMIÈRE SÉANCE

Vous ne vous pensiez pas assez intelligent pour faire ça, ni assez casse-cou, et pourtant vous y êtes, aussi nerveux que si on venait de vous installer dans une capsule de la NASA, aussi curieusement installé, en somme vous n'attendez plus que de décoller.

Sans un mot il vous a prié de vous asseoir, de vous étendre en fait. Un type plutôt austère, dans le genre froid, pas le gars qu'on aimerait avoir comme voisin au camping.

À ce stade-là de l'inconnu, il serait grotesque de ne pas aller plus avant, ne serait-ce que par curiosité. La gravité du contexte vous surprend tout de même, cette ambiance lourde, sérieuse. Vous vous attendiez à un peu moins de pesanteur, supposant votre cas moins grave.

Mille fois on vous aura vanté le mérite de ces séances, y compris à la télé, et pourtant vous aurez mis un temps fou à vous décider, d'autant que l'issue vous paraît tout aussi obscure que le procédé.

Vous savez de la psychanalyse ce qu'on vous en a dit, un sujet toujours abordé avec religiosité, sous le sceau du secret. Heureusement qu'il y eut tous ces articles dans la presse féminine, sans quoi vous n'auriez jamais osé.

À ce que vous comprenez, le silence qu'installe le thérapeute suppose que vous vous lanciez, une sorte d'appât à vos divagations. À ce qu'en disent les articles ce serait donc à vous d'aborder un sujet, n'importe lequel, sachant que la nature même de ce choix sera déterminante. Faute d'idée vous évoquez cette panne que vous avez eue ce matin, un vague problème d'embrayage. Vous faites deux minutes là-dessus, histoire de bien afficher cette déveine qui vous caractérise, cette malchance. C'est un peu votre astuce à vous, séduire sous l'angle de la compassion.

Il répond mmoui, c'est déjà ça.

Pas de doute qu'il n'y connaît rien en mécanique, sans quoi il serait intervenu, il n'y aurait pas résisté. Pour l'intéresser il faut un sujet autre, moins terre à terre certainement. Dommage, vous ne connaissez rien en littérature, parce qu'il y a là une copieuse bibliothèque, tout un pan de mur, jusqu'au plafond. Un intellectuel sans doute. De ceux que vous aimez défier sur leur esprit pratique.

Il doit vous recevoir chez lui. Son cabinet est en fait une des pièces de son appartement, un peu comme un médecin. Il aurait pu vous faire visiter. De là vous comprenez toute l'impolitesse qu'il y a à débarquer chez les gens, à s'allonger d'emblée sur un plumard, et à rester planté là sans leur décrocher un mot. Pris par le scrupule, vous sentez l'urgence de dire quelque chose, ne serait-ce que pour vous dédouaner.

Sur un ton presque amical vous lui demandez s'il n'est pas trop difficile de travailler chez soi, du matin au soir, sans sortir vraiment, et patati et patata… Au fond l'idéal serait de le faire parler, de partager la responsabilité de ce silence. Mais la bourrique ne bronche pas. Pire. Il ne cille même pas. D'où vous êtes vous pouvez le voir, le regard étonnamment fixe, les coudes sur l'accoudoir, les mains jointes, il dira juste mmoui, deux fois, alors même que votre dernière phrase remonte à plus de deux minutes.

Pourtant la question était intéressante. Travailler à domicile doit le soumettre à pas mal de contraintes, comme devoir toujours bien ranger, et ne pas faire de frites à midi. C'est vrai, ce serait douteux de pénétrer dans l'antre du déchiffreur de l'âme, un dompteur d'inconscient, et que ça sente la friture à plein nez.

À certains détails vous essayez de percevoir les indices d'une présence féminine. Cela vous perturbe de le savoir marié, non pas qu'il ne vous ait pas présenté sa femme, mais parce qu'en ce moment même elle est peut-être de l'autre côté de la cloison, à lire ou à repasser.

Voilà qui vous verrouille un peu plus.

Le risque serait qu'il vous prenne pour un désinvolte, ou de définitivement le désintéresser. Pourtant il n'a pas l'air de s'ennuyer. Si ça se trouve vous le reposez de tous ces radoteurs qui viennent là pour débiner, ceux dont le bagout se décuple au vu du tarif, qui révisent avant de venir, vivant la séance comme une audition.

En fait vous êtes providentiel, vous êtes son réconfort, son moment de pause. Soudain un peu moins timide, vous lui annoncez qu'en définitive vous ne viendrez que pour vous taire, ça vous fera du bien à tous les deux...

— Mmoui.

Il est très fort. Sur cette simple approbation il vous fait sentir le rapport de force. C'est lui le chef, le patron. De là vous concevez l'urgence qu'il y a à se le mettre dans la poche, quitte même à l'amadouer. Vous cherchez ce qui pourrait bien lui faire plaisir, en quoi vous pourriez le flatter ; la chaleur de l'appartement, l'occupation des volumes, le bon goût général de la décoration, la valeur du canapé. Pour jouer à fond la connivence, vous l'entreprenez sur le dilemme du parquet : encaustique ou cire à froid, vitrification ou pas...

Par incidence, c'est là que vous apparaît le peu d'intérêt de vos préoccupations, le caractère subalterne de votre être.

... À part ça que dire, sinon que toutes vos femmes vous quittent, qu'il doit bien y avoir une constante là-dessous, et que l'éclaircir serait l'élucider. Mais la psychanalyse n'a rien à faire de vos histoires de nanas. Vous pourriez faire l'effort d'avoir un symptôme plus complexe. Avant de venir vous auriez dû réviser. Il faut dire aussi que vous vous attendiez à un peu plus de chaleur, une relation assez proche de celle qui vous liait au professeur d'auto-école, là aussi ce pourrait être l'occasion de faire un bout de chemin ensemble, sachant que ce sera à lui de définir l'itinéraire, soulagé par l'idée de la double commande. En tout cas telle est l'image que vous avez de la psychanalyse, calquée sur vos souvenirs de permis de conduire.

La séance se termine, sans vrai signal. Vous vous levez en vous étirant, fatigué tout de même, vaguement groggy, comme chez le dentiste. Histoire de dire quelque chose vous vous proposez de revenir la semaine prochaine, même jour même heure. Même pas mmoui. Il vous regarde rassembler vos affaires, passer votre veste, sans la moindre émotion. Quand vous lui tendez la main, il la serre sans un mot, et vous regarde partir, un rien interrogatif. Visiblement, une part de vous le déroute, sans doute la nature de votre trouble, la profondeur du travail qu'il augure. Il pourrait tout de même se fendre d'un petit mot, mais au lieu de ça il se plante là, attend même un temps avant de refermer la porte, mais ne dit rien.

Sur le chemin du retour vous prenez conscience que vous avez complètement oublié de le payer, que l'idée ne vous a même pas effleuré.

Au moins une bonne occasion de se revoir.

Quai de gare

Les départs ont cela de cruel qu'ils forcent à se rapprocher, étreinte d'autant plus pénible qu'elle se sait observée. Mais bien sûr qu'on se reverra, bien sûr qu'on se rappellera, encore faudrait-il un peu d'intimité pour se le dire.

Après quoi, vous avez juste jeté vos bagages en haut des marches, sans trop savoir de quel côté se trouvait votre réservation.

En dessous, en plus de votre famille, une petite foule d'inconnus se tient là, à gêner. Parmi eux, il y a de ces voyageurs en jambes qui profitent du moindre arrêt pour s'aérer aux portières, des contemplatifs qui croient voir la ville de près en foulant son quai, des familiers qui sont juste venus accompagner, un tas d'acteurs parasites. Tout le monde improvise dans ce genre d'entracte, ballotté entre la peine réelle et la pudeur de l'avérer. On masque ses adieux sous un humour passable, des propos de circonstance, autour de l'horaire, du temps qu'il faudra, et des voyages en général. Les vôtres sont là au bas de vos marches, ne sachant trop que dire, ni que faire, craignant d'entamer une véritable conversation. Mine de rien vous jetez les bases de cette amertume, celle qui viendra plus tard, tout le long du voyage.

Dix fois ils vous rediront à ce soir, au téléphone, réitérant la proposition jusqu'au ridicule, joignant le geste à la parole. Quant au vieux il ne parle pas, plus statique que jamais. Dans ces moments-là il se mure, à peine là, confondu par tous ces souvenirs qu'il a de cette gare, de ce même quai. D'ailleurs c'est déjà bien beau qu'il soit là, signe que c'est véritablement la fin des vacances, que de tout l'hiver on ne se verra qu'une fois, que les nuits se feront de plus en plus longues d'ici là...

Au flottement succède l'hésitation. En fait vous aimeriez vous asseoir, vous installer dans la fraîcheur du compartiment, poser vos affaires et vous poser vous-même, ne plus penser, laisser filer ces paysages, pour de vrai. Mine de rien vous êtes déjà un peu parti. Tout de même vous osez une recommandation, sans conviction, vous leur dites d'y aller, que ça ne sert à rien de rester plantés là. Mais puisqu'ils ont fait tout ce trajet pour vous voir partir, ils vous verront partir.

À droite à gauche on tente des regards, on guette le moindre indice, on subit le caractère grotesque d'un train dès lors qu'il ne part pas.

À ce stade-là de la fermentation remontent les petites phrases, les suppositions dérisoires sur la nature de l'incident, teintées d'humour ; si ça se trouve on va rester là toute la nuit... Sur le coup vous vous trouvez bête d'avoir dit ça. Dérisoire aussi cette importance que vous prenez, à votre corps défendant, cette attention dont vous êtes l'objet, cette quasi-exclusive, vous et votre train qui ne part pas. D'avance vous savez que votre sortie est manquée, votre départ complètement raté. À l'aéroport comme à la gare, la qualité des au revoir tient à l'urgence qui les encadre, à l'imminence qui envahit tout. Les effusions ne sont rien sans la menace de l'envol. Alors que là, vos adieux sont stoppés, collés sur place, et cette précipitation si chaleureuse qu'il y avait eue au moment de rentrer dans la gare, cet amour dans la façon de porter vos bagages, cette angoisse de ne pas être sur le bon quai, tout ça relève déjà du souvenir froid, de l'inutile, du désaveu générique.

Vous redescendez les quelques marches, ils vous hurlent de faire attention, de ne pas prendre ce risque, de telle sorte que vous restez à distance, cette fameuse distance discriminante des pas-de-porte, deux mètres qui étouffent tout ce qu'on aimerait chuchoter.

Là-bas votre père parle au chef de gare. Il est malin votre père, au moins il prend du champ avec l'insupportable.

De tous, c'est lui qui essuiera au plus près le coup de sifflet, si bien qu'il vous aime à nouveau le père, et pense même à vous le signifier. Tous ces mots affolés qui ne venaient pas les voilà qu'ils se bousculent, et sans même que vous y pensiez, votre main se tend et s'agite. Mais voilà qu'il y a une porte entre vous et le monde, un sas brutal et sec, puis un angle impossible, des regards qu'on ne peut même plus chercher, puis une rangée d'autres qui ne sont même pas pour vous. Le tempo s'accélère, ce sera votre rythme à vous, celui auquel vous collerez pendant cinq cents kilomètres. Ce coup-ci vous le tenez le vrai goût du départ, celui qui met la gorge en déversoir. Vous revient l'image du grand-père statique au milieu de ça, le seul à n'avoir même pas levé le bras, celui qui d'entre tous sait bien qu'aux trains on y pense tant qu'ils sont là, mais qu'une fois partis, on n'y pense plus, on passe à autre chose.

Et mat

Toi le pur produit de l'école Philidor, toi le grand dis-
ciple de la règle Blumenfeld, prôneur de la notation
complète, voilà que tu te retrouves avec ta dame coincée
dans ce qu'il faut bien appeler une variante à la con. Le
coup du fou qui déboule en H7, sans mauvaise foi tu
l'avais vu venir. Seulement, à l'estime tu avais jugé avoir
tout le temps de parer, de réfléchir, mais surtout tu voulais continuer de participer à la conversation des grands,
ne rien manquer des propos qui se tiennent là-bas tout
en jouant évasivement avec le gamin.

Le fond du problème, c'est que jamais tu n'aurais cru
te faire piéger par un gamin de neuf ans, jamais tu n'aurais cru subir l'arrogance d'une suprématie prépubère,
d'autant qu'à cet âge-là ils ont la joie démonstrative, et
qu'en plus de gagner il le hurle haut et fort, demandant
à tous de venir jeter un œil à ce mat pathétique, une disposition indiscutable mais que tu assumes mal.

Ils sont tous là à considérer gravement l'échiquier,
comme du haut d'une passerelle on surplombe un
carambolage. En contrebas tu restes calé dans ton fauteuil, effondré dans le cuir, sans même l'envie de te justifier. Le plus rude, ce sont les commentaires de ceux
qui s'y connaissent, et qui te demandent pourquoi
diable ta défense sicilienne était à ce point ajourée, et
surtout que faisait ton roi dans une colonne ouverte,
erreur inadmissible en soi. Puis il y a ceux qui n'y
connaissent rien, mais qui se croient tout de même
autorisés à pousser des oh là là catastrophés, tout en

flattant le vainqueur, des ignorants même pas foutus de jouer aux dames mais qui portent des jugements.

— Dis-moi, mais pourtant il te restait beaucoup plus de pièces que lui, non ?

Évidemment que t'étais en train de lui foutre la pâtée au petit con, évidemment qu'à un coup près c'était l'autre pimprenelle qui se prenait la raclée. Seulement voilà, il aura suffi d'une négligence toute bête, d'un accès de confiance, pour que tu laisses le champ ouvert à sa dame, un coup tellement bas qu'il devrait en avoir honte, le petit con.

Le pire, c'est qu'en plus de t'entamer l'orgueil, le sale gosse vient ni plus ni moins que de te déconsidérer aux yeux de tous, mettant rudement à mal ton statut d'érudit.

Une fois réglé l'épisode de la partie, vient le moment de se mettre à table. Sans pouvoir rien affirmer, tu sens bien que ton effet n'est plus le même, au point du reste que tous les verres sont servis sauf le tien, qu'on ne t'a même pas fait passer la corbeille de pain. Sans toutefois en être sûr, tu sens bien qu'une page vient de se tourner. Finie la belle époque où pour un oui pour un non tu sortais ta science, où on te demandait sans cesse d'infirmer ou de confirmer.

Ce soir on ne t'entend même plus. Le pire c'est qu'ils t'ont mis juste en face de ton bourreau, une mauviette qui ne sait même pas se tenir à table, et qui la ramène sans cesse avec sa performance, qui n'arrête pas de t'en reparler. Voyons, comment dit-on *ta gueule* à un enfant déjà ? En plus d'être mal élevé ce mioche-là a du tempérament, parce qu'il arrive à ramener la conversation là-dessus.

C'est vrai ça, comment ça se fait qu'il t'ait battu ; il est si fort que ça ? Un prodige tu crois ?

Bien sûr l'argument vaut ce qu'il vaut, toujours est-il que tu leur dis que ce n'était pas ton échiquier, pas les bonnes dimensions, et que depuis toujours tu as un mal fou à jouer avec un jeu qui n'est pas aux normes.

Ce qui est vrai, c'est que cet Obélix idiot à la place du roi, et que cet Astérix à la place de la reine, sans parler des sangliers à la place des fous et des tours en dolmens, dès le début tout ce bazar t'avait diablement déstabilisé. L'autre bien sûr maîtrisait par cœur ces pièces-là, parfaitement habitué à ses mégalithes et à ses caniches en plastique.

— C'est vrai, je vous assure, de ne pas avoir les vraies pièces ça fausse tout ; et puis de toute façon, j'ai horreur de la bande dessinée...

Tu lances ça platement, sans réelle intention de te disculper, mais voilà maintenant qu'ils se foutent de toi, non seulement ils ironisent, mais en plus ils te charrient. Un comble.

Tout ça ne pourrait être qu'un incident, seulement ça s'éternise. Dans un concert d'approbations ils en viennent même à prophétiser une carrière au prodige, pas de doute en tout cas qu'il fera mieux qu'ingénieur. Tu n'as plus la moindre prise sur cet auditoire, plus aucun crédit.

C'est là, juste après le sorbet, que te vient l'idée de la revanche, démonstrative et cinglante, au point où tu en es. L'idée est d'autant plus séduisante que vu l'heure le mouflet est quasiment assoupi, autant dire que, dolmen ou pas, ni une ni deux tu lui flingueras l'Obélix et tu lui materas le sanglier...

Il y a un risque tout de même, celui que tout le monde se passionne pour la partie, que tous s'agglutinent autour de la table pour la suivre, la décortiquer en sirotant du cherry. Jamais tu ne pourrais supporter de jouer dans ces conditions, jamais tu ne pourrais endurer cette pression. Et puis d'avance tu sais qu'ils lui souffleront les bons coups, et le mioche sans scrupule les écoutera. Proposer cette partie ce serait ni plus ni moins que les affronter tous.

D'une façon ou d'une autre il faut pourtant que tu le tapes le péteux, que tu lui rabattes son caquet avant que sa mère ne le borde.

C'est là que s'engage la lutte contre le temps. À la va-vite tu recenses les opportunités qui te permettraient de réaffirmer tes mérites, voir sur quel terrain mater ce minus pour lui montrer qui tu es... c'est là que d'instinct, sans réfléchir, te vient l'idée potable, parfaitement jouable en tout cas, de sonder le regard de l'autre assoupi, accoudé jusqu'au menton, et de lui balancer avec tout ce que tu sais de morgue et de férocité...

— Dis-moi, petit, et le bras de fer, tu connais ?

LA FEMME DE MA VIE

Il n'y a que le désir qui ne s'invente pas. En général, allez savoir pourquoi, on serait plutôt habitué à ce que ce soit les femmes qui jouent cette partition-là, elles qui sabordent tout espoir et vous confondent jusqu'à la honte. Mais cette fois c'est à toi que revient le rôle du tourmenteur, cette fois c'est à toi de larguer.

Avant de lui ouvrir tu t'armes d'un sourire, le plus doux qu'elle te connaisse, ce parfum d'ange qui fait le charme des enfants.

En la circonstance le sourire était bien la dernière des choses à faire. C'est souffrir qu'il aurait fallu, arborer les traits poignants de l'homme défait, atteint par cette douleur qu'il vous faudra endurer tous les deux, prendre les devants sur cette désolation qui au bout de la soirée vous attend.

Tu prends très vite la mesure de ta bourde, parce qu'évidemment, de te voir sourire, voilà qui la rend heureuse, d'avance elle présume du bon temps.

Même pour corriger le tir, tu ne peux décemment pas passer subitement du rictus cinglant au lamento. Il faut la préparer lentement, ménager une lente décélération.

C'est étrange, tu n'aurais jamais cru que la perspective d'une séparation puisse à ce point te regonfler. De là peut-être ce sourire qui s'incruste en toi, véritablement sincère pour une fois. Bien sûr, tu aurais préféré mener tout ça d'une façon originale, sortir des schémas convenus, à la manière des acteurs qui revisi-

97

tent Shakespeare à chaque fois, qui cherchent à marquer le texte de leur empreinte. Mais une fois en scène, l'émotion aidant, voilà que malgré toi tu renoues avec les items les plus fondamentaux, ceux qui de tout temps ont fait leurs preuves, et qui dissolvent les couples selon les règles éculées de l'art. C'est comme ça que la première phrase t'est venue, la plus courue de toutes...

— Faut que je te parle.

Peut-être y a-t-il eu aussi une erreur de ton, une mauvaise interprétation, toujours est-il que la méprise est totale, car à peine as-tu dit cela qu'elle se lève d'un bond et fond dans tes bras. Sans doute pense-t-elle que cet air mystérieux dissimulait une quelconque promesse, une demande en mariage ou au moins un week-end... Bien sûr, tu sens qu'il faut bien vite refréner son enthousiasme, inverser la couleur de ses suppositions, même si ce sera rude, quasiment inhumain, de la retourner comme ça, de plein fouet, mais il faut le faire...

Ne te reste plus qu'à te reprendre mentalement, à te remettre en tête à quel point tu n'en peux plus de vivre avec elle, à quel point tu ne veux plus, et petit à petit retrouver ces mots que tu répétais tout à l'heure dans la voiture, comme le bachelier qui se prépare à l'oral.

Elle attend, de plus en plus fébrile, présumant toujours de ce que tu peux bien avoir à lui dire.

Pour temporiser, tu ne trouves rien de mieux que de sortir cette vieille bouteille d'asti qui dort depuis des années dans le bac à légumes. Le plus pathétique c'est qu'elle prend ça pour du champagne.

Mais non, c'est pas du champagne ; ça se voit bien que c'est pas du champagne ! C'est vrai qu'elle est d'une nature foncièrement optimiste. Faut dire que ça n'aide pas.

— Mais mon chou, champagne ou pas, de toute façon c'est l'intention qui compte.

Mais non l'intention ne compte pas, bien sûr que non... Plutôt que de te recentrer sur l'essentiel, plutôt que de te révolter contre la médiocrité de ta prestation, voilà qu'une fois de plus tu t'emportes contre elle, par habitude sans doute, tu vas même jusqu'à lui caler méchamment l'étiquette sous le nez, pour bien qu'elle voie à quel point ce n'est pas du champagne…

Elle passe sur l'incident, et va même jusqu'à s'excuser. Tu réponds, ça va, ça va, c'est pas grave.

Il n'empêche qu'entre vous deux le ton a tout de même un peu monté. Au moins c'est un progrès. Et puis c'est là que tu te lances, d'un coup, par surprise.

— Enfin, tu vois bien que ça ne peut pas durer comme ça…

Sans doute trouve-t-elle un tantinet excessive cette soudaine intransigeance, mais elle n'en dit rien. Le plus confondant c'est son air contrit, ça te remuerait presque. Pour la dernière fois probablement, elle va s'asseoir sur le canapé, de sorte que tu la retrouves face à toi, comme il en va parfois des responsabilités.

Le plus jouable serait de te montrer détestable, d'apparaître sous un jour si sombre, d'une humeur si abominable, qu'elle en viendrait d'elle-même à te trouver insupportable, détestable en fait.

Mais le danger serait que cette rudesse lui plaise, et qu'à vouloir être trop cassant, rigide et froid, elle te trouve en retour ni plus ni moins viril, irrésistiblement macho. Le mieux serait encore l'indifférence parfaite, de tenter enfin la goujaterie, cette osmose du couple qu'il faut en général des années à atteindre.

Seulement voilà, à peine sort-elle une cigarette que déjà tu lui trouves le cendrier, à peine fait-elle le geste d'avoir froid que tu t'assois près d'elle. Pourtant tu t'étais juré de ne plus jamais l'approcher, ou alors de loin, de la frôler uniquement pour les bises. Ce n'est pas comme ça qu'on quitte une femme, tout le monde te le dira. D'ailleurs, si tu lui demandais son avis, elle-même te le dirait, ce n'est pas comme ça qu'on s'y prend. Quitter une femme c'est s'amputer un peu. Tu as été un homme jusque-là, un homme pour l'aborder et lui demander son prénom, un homme pour régler la tournée de cafés et le cinéma après, un homme pour lui faire croire à ces pans d'infinis que tu entrevoyais pour vous, un avenir projeté dans les nimbes du parfait amour, une vie cousue de fil blanc, toujours habitée de vertiges et des draps faits pour valser...

Encore une fois tu te disculpes. De ne pas pouvoir rompre, c'est tout sauf de la lâcheté. Un vrai lâche se serait défilé, il aurait disparu sans donner de réponse, sans rien dire, sans même chercher à s'expliquer. Alors que toi, tu t'honores d'affronter la situation, bien loin de ces matadors qui plantent les femmes comme l'armée les drapeaux. Toi, tu es plus fin que ça, plus souple et conciliant, du reste depuis deux minutes le moelleux du canapé te suçote mine de rien, et de ses deux mains elle commence à te cajoler. Tu te laisses faire. Normal. Tu ne vas pas lui refuser ça; parce qu'en plus tu es généreux. Elle te caresse comme on le fait des enfants qui réchappent tout juste d'une colère, sans même leur en vouloir, en pardonnant d'instinct. Déjà elle te dessine des projets pour ce soir, déjà elle parle de préparer une paella pour demain, ou de passer prendre du tatziki chez le traiteur, grec je crois, celui que tu aimes bien...

Tu te laisses aller un peu plus profond dans son parfum...

Quelle chance elle a que tu sois un mec bien. N'importe quel autre à ta place se serait déjà relevé, monstre froid, et serait déjà reparti. Toi, par contre, tu restes.

Finalement, ne serait-ce que pour lui faire plaisir, tu ne rompras pas. Pas ce soir.

Retour de Jupiter

C'est étonnant ce que l'on voit bien Jupiter ce soir, vous ne trouvez pas ? Mais non voyons, Jupiter c'est celle-là, à peine plus au sud, alors vous l'avez...

Et dire que depuis le début, sans du tout vous en rendre compte, vous étiez en train de contempler Altaïr. À côté de vous le beau-père glisse de Markab à Deneb, d'Arcturus à Véga, survolant la partition dans la béatitude du flûtiste, mettant même un point d'honneur à vous les énumérer toutes, supposant que vous les retrouviez au cas par cas. Mine de rien c'est donc le ciel, l'espace, pour ainsi dire l'infini, qu'il vous balance dans les gencives. Pendant ce temps vous essayez de suivre, la tête renversée pour pointer les loupiotes, la nuque au bord de l'ankylose, sans autre réponse que de toujours acquiescer.

C'est de votre faute aussi, elle était de vous cette idée de sortir deux minutes histoire de prendre l'air, de marcher sous la nuit d'août. Votre intention de départ c'était d'avoir la paix, de pouvoir fumer votre cigarette tranquille, sans craindre d'indisposer, hanté que vous êtes par l'obsession de les ménager.

Quelle idée aussi d'avoir un beau-père astronome, d'autant que celui-là ressort des prosélytes, et s'il existe des astronomes qui s'économisent, des astronomes introvertis qui réservent leurs intuitions aux initiés, le vôtre est plutôt du genre prolixe, un vulgarisateur de première.

— Quand on pense que ce pauvre Halley est mort juste avant le retour de sa comète, sans même avoir jugé de la justesse de sa prédiction, quel dommage, vous ne trouvez pas?

— Eh oui, quel dommage.

Vous n'êtes pas mécontent de vous. Vous avez dit cela avec l'air contrit qu'il faut, une émotion parfaitement crédible.

Déjà au cours du repas vous avez subtilement désamorcé deux ou trois conversations périlleuses, la première ce devait être sur Napoléon et sa campagne d'Égypte, comme si tout le monde était censé avoir un point de vue là-dessus, et la deuxième était à propos de la tonte des moutons afghans, en rapport à ce tapis dont vous le félicitiez. Jusque-là, par des artifices plus ou moins désobligeants, des déviations allant de l'interruption intempestive au changement inopiné de conversation, vous vous êtes sorti indemne de tous vos échanges.

Pour un peu vous regretteriez votre première femme, celle dont le père était bricoleur, un manuel hors pair, mécanicien de formation, et qui chaque fois meublait vos après-midi de ses combines multiples. Décoller le papier peint ou dériver le presse-étoupe, élimer l'embrayage ou découpler le frein moteur, il n'ignorait rien à rien.

Après tout, mieux vaut l'astronome, mieux vaut s'enliser en pleine campagne d'Égypte que de passer le dimanche sous la voiture.

Pour l'heure vous n'en êtes qu'à la Grande Ourse. La lacune coupable c'est quand il vous avoue un passage à vide, et s'étonne de ne plus la retrouver dans ce ciel surchargé.

— Voyons, c'est trop bête, où est-elle, déjà?

Ce devrait être à vous de le renseigner, de la lui retrouver sur-le-champ, l'essentiel étant bien de vous appliquer à chercher vers le haut.

— Mais non, voyons, là vous cherchez au sud.

Le sud est donc par là, dans le prolongement du fil à

linge, vous l'auriez plutôt vu dans la direction de la vieille brouette, au fond du jardin. Au moins vous aurez appris quelque chose. Et là, pour faire le docte, vous déduisez habilement.

— La vieille brouette est donc au nord ?

— La vieille brouette ? Je vous avoue que je ne la connais pas celle-là. Et où est-elle, vers l'écliptique ?

— Exact.

— Au sud alors.

— Tout juste.

— Alors là, je dois dire que je n'en avais jamais entendu parler. Mon cher, vous m'apprenez quelque chose.

Dans le fond vous êtes très fort. Même par inadvertance vous trouvez le moyen d'en remontrer à un instruit. Face à vous il perd enfin cet air de supériorité, prêt à vous traiter d'égal à égal.

Dès lors c'est prudemment qu'il vous pointe la Vierge, Véga puis Bouvier, vous demandant chaque fois de cautionner. Cette fois il vous prend pour un intellectuel, à cause d'une simple brouette, brouette, de là vous apparaît l'universalité du procédé, l'occultation de vos lacunes par l'anecdotique. Ainsi quand il vous entreprend sur le théâtre nô, souvenir d'un de ses multiples voyages au Japon, vous dites apprécier la forme du spectacle, une pièce en particulier, quant à trouver le titre ce sera *La Branche de noisetier cassée*, comme celle que vous repoussez du pied...

À partir de là tout devient possible, toute conversation abordable, et, quel que soit le sujet en question, vous aurez de quoi lui en remontrer.

HAPPY ANNIVERSAIRE

Depuis le début du repas tu ne penses qu'à ça, à cet épisode qui inéluctablement se rapproche, et qui conclura tout. Comme à chaque fois ça commencera par une ambiance de conspiration, un moment de flottement où ils seront plus d'un à quitter la table, pour filer mine de rien vers la cuisine, ne doutant pas de leur discrétion. Pour toi ce sera le temps du malaise. Alors tu feras mine de t'intéresser à la conversation de celui qui est resté près de toi, celui qui d'entre tous a pour mission de te retenir.

Certains auront bien décelé ton irritation, cette passable humeur qui t'enrobe ce soir, et fait que tu te désintéresses de tout. Pas de doute qu'ils auront mis ça sur le compte de l'amertume, ce frisson de l'âge qui assaille quiconque prend un an de plus. Pourtant tu t'en fous pas mal des ans de plus, y compris des tiens, et pour tout dire, de ton point de vue le seul péril des anniversaires, la vraie grande inconnue, c'est le gâteau. C'est là, dans la foulée de l'âge, qu'il faudra surmonter un an de plus en même temps qu'un vacherin en flammes, enrobé d'un refrain stupide entonné par tout le lot.

Pour l'heure on s'en tient aux préliminaires. Mine de rien les petits neveux révisent leur appareil photo, celui-là même que tu leur as offert à Noël, sans supposer qu'un jour tu aurais à le regretter. Pitoyables lutins, ils sont là à chercher le meilleur angle, celui d'où jaillira le souffle auguste. Un cousin continue de t'entretenir sur l'avenir des Balkans, justifiant sa toute fraîche maîtrise d'histoire. Le grand-père stagne au bout de ça, parfaitement blasé, rassasié d'anniversaires, recalculant l'âge que ça te fait, se décidant finalement à te le demander, en essayant plusieurs prénoms.

Là-bas dans la cuisine, une femme préside à tout. Ce sont toujours les femmes qui initient ce genre de cérémonies. Il n'y aurait que des mâles sur Terre, les anniversaires seraient vite bâclés, deux ou trois bières pour marquer le coup, des amuse-gueules pour meubler entre les cigarettes, et de la vodka pour dessert. Quant aux bougies on ne les aurait pas retrouvées, ni pensé au gâteau.

Un anniversaire sert surtout à flatter celui qui l'organise. Pourtant, quoi de plus agréable que de devenir l'objet de toutes les attentions, quoi de plus gratifiant que de fournir à tout le monde le prétexte de se retrouver, d'autant que tu le sens bien, ce soir ils sont idéalement disposés à ton égard, ce soir ils t'aiment, démonstratifs à souhait. Dans le fond, il n'y aurait pas la perspective de l'épreuve ultime, les bougies et la chanson, tu serais bien.

Ce coup-ci ça y est, les lumières s'éteignent, sans que personne s'en inquiète, et toi tu t'enfonces dans le passage obscur, le long tunnel de convenances au bout duquel le gâteau te fait face, pétillant de mille feux, un vacherin stupide, inéluctable.

Même les plus timides se mettent à chanter. Les petits neveux, après tout, c'est normal qu'ils se mettent à hurler, mais les grands, ces adultes que tu côtoies depuis toujours, ceux qui t'environnent de leurs allures de sérieux, quelle bizarrerie de les voir massacrer leur refrain à tue-tête, les yeux pleins d'une joie d'apparat. Entre ceux qui y vont de bon cœur et ceux qui forcent leur air pincé, se glissent les plus généreux, ceux qui improvisent dans le contre-chant.

Le plus incongru c'est qu'ils te le fassent en anglais. Tu n'as rien d'anglais, à part les chaussettes peut-être, et pourtant c'est en anglais qu'ils te célèbrent, à croire qu'Happy soit plus festif que Joyeux, et que le Birthday sonne mieux.

Par réflexe, tu les rejoins dans ces couplets heureux, ce qui revient à se le souhaiter soi-même. Une fois la chanson à son terme, les neveux relancent le couplet, de sorte qu'on repart pour un tour.

Le sourire qui te vient est de tes plus lointains, remontant aux plus vieilles politesses.

Le gâteau est devant toi, à faire une impression de bonheur, un temps dédaigné de tous. Le comble c'est qu'on te demande d'attendre, qu'on te prie même de te retenir.

Tu rayonnes longtemps dans le ballet des flammes, attendant le signal, puis une fois l'assistance en place, une fois admis qu'il y aurait des photos, tu te lances. En soufflant, tu ressens comme un enjeu de les éteindre toutes, d'un trait, intention dérisoire mais cruciale, allez savoir pourquoi.

Une fois le gâteau éteint, tu époussettes le sucre glace que tu as mis partout, assurant que ce n'est pas grave, tu survoles la scène avec la grâce du libéré, te voilà sauvé, tranquille pour un an. Comme s'il s'agissait d'une faveur on t'invite même à le découper, une épreuve en soi, compter le nombre d'invités, présumer de l'angle de coupe, mais tu n'es plus à ça près.

La fièvre qu'ils mettent tous maintenant à attraper leur part, et à faire des grands *hum* en goûtant la première bouchée, t'enseigne au moins une chose : il est bon. Cette fois te voilà tiré d'affaire, ils te foutent enfin la paix, l'épreuve est passée. Cette fois tout le monde est servi, et à la place du gâteau il n'y a plus que des résidus de sucre collés sur le carton, une inscription qui traîne sur un panneau, en pâte d'amande sûrement. Et ce morceau-là, chaque fois on te demande la permission de le manger, alors que c'est ton anniversaire à toi.

Et voilà. C'est comme ça qu'une vie passe, rythmée par des gâteaux.

On se connaît, non ?

À l'école tu n'avais jamais vraiment de bonnes notes, c'était pas ton genre, à l'époque l'enjeu était ailleurs, avant tout dans cette contenance, cette indélicatesse chronique qui te tenait lieu de raison d'être. Qu'importaient les scrupules ou les leçons, qu'importaient les timorés qui palpitaient à chacune de tes conneries, de toute façon on t'admirait pour ton aptitude à désobéir, pour ce vocabulaire relevé que tu dispensais même aux adultes, et pour cette façon de rouler les épaules. À l'époque tu n'étais pas le plus beau, le plus grand, sans doute, toujours est-il que ton patronyme avait valeur de symbole, et pour ceux qui avaient la chance d'être de ta classe, ces élus dont tu partageais le banc, ta fréquentation avait valeur de protection. Ah le flambant copain que t'étais alors, un être aussi affranchi que les héros de tes feuilletons, capable de tout, un héros accessible dont on savait le prénom, et au contact duquel venait l'illusion de grandir.

Seulement voilà, quinze ans après, de tous ces gamins qui s'étaient colletés avec toi, de tous ces puérils qui enviaient tes manches pleines et tes pantalons blancs, tu te doutais bien qu'un jour ou l'autre tu retomberais nez à nez avec l'un d'entre eux.

Jusque-là le hasard avait bien fait les choses, jamais il ne t'avait infligé cette épreuve, te flanquer un de tes anciens camarades dans les pattes... et pourtant, sans le moindre effort de mémoire, sans du tout chercher, tu le remets bien ce petit gros plus loin, un gars qui dans le fond n'a pas vraiment grandi, qu'a même perdu ses cheveux pour faire plus que son âge. Mine de rien tu fuis son regard alors que lui cherche le tien.

En ce qui te concerne t'es à la sortie du magasin, à ta place en fait, alors que l'autre bouboule est dans la file là-bas, avec le Caddie plein, la femme qui le rejoint, un gamin dans les bras et un autre qui marche déjà. Pour éviter ça, tu regardes ailleurs, à un moment tu lui balances même une œillade terrible, le genre de regard qui te sert de garde-fou dans les couloirs le soir, dans les métros la nuit. À distance tu le vois qui glisse un mot à sa femme, tout en te désignant, suite à quoi elle te mate.

Et dire que ce type-là, il y a quinze ans de cela, il aurait dû s'excuser de t'avoir regardé comme ça, ce gars-là il se serait couché pour te servir de moquette, le genre de morveux dont tu faisais ce que tu voulais, d'autant qu'avec ta classe de retard tu les survolais tous. Et voilà que maintenant il te ferait presque peur, voilà que pour un peu t'en viendrais à laisser tomber ton poste, à remettre ta main dans ta poche, et à filer hors de ce Monoprix maudit.

Les pieds. Tu te concentres sur tes pieds, ces instruments de tes fugues comme de tes révoltes, tes pieds qui faisaient valser les portes, qui claquèrent même une fois au menton d'un pion, et qui à l'époque promettaient d'aller loin... Ce soir plus que jamais tu préfères te concentrer sur eux plutôt que d'avoir à renouer avec une vieille connaissance, un élève tellement insipide, tellement opaque, que tu ne te rappelles même plus son nom. Pourtant, il a l'air au moins d'un toubib, ou d'un mec bien. Celui-là, jamais tu ne l'aurais cru capable de remplir un Caddie, jamais tu ne l'aurais cru capable de se trouver une femme et de soulever un gosse. Jamais tu ne supporterais qu'il t'aborde, qu'il te pose la moindre question. D'ailleurs, la simple idée qu'en ce moment même ce gros lard soit en train de gamberger sur toi, ça te rend fou.

Eh ben, c'est toi le beau gosse ? Enfin, tu te souviens pas...

Et là, d'un coup, tout ce que tu portais d'amour, ce pur apprentissage que la misère concède, cette rigidité de l'âme, cette aire ultime où se réfugie l'orgueil, voilà que tout ça s'effondre, ton regard où se contenait ta colère, tout se fissure en considérant ce naufrage que t'es devenu, cette merde que t'as fait de toi...

Brave gars tout de même, parce qu'en plus des dix balles il te tapote fraternellement l'épaule, avec la délicatesse de ne pas en rajouter.

Dix balles tout de même, le bouboule c'est vraiment un mec bien.

TRANQUILLE

Le calme, l'absence totale de circulation, la volupté d'être autrement qu'en plein monde, tout y est. Pas l'ombre d'un ami, pas le moindre collègue ni parent, rien qui force à la conversation, te voilà tranquille pour de bon. C'est rare que toutes les conditions soient réunies. Le charme endimanché des terrasses, la douceur d'une toute fin de juillet, ce mois d'août qui n'est jamais aussi bon que quand il est à venir, et toi qui rêvasses au milieu de ça, dans ton élément...

Le problème avec les Tziganes, en plus de l'ardeur démonstrative, c'est l'obstination qu'ils ont visiblement de faire tout ça pour toi. La terrasse est pourtant emplie de gens tout aussi inoccupés que toi, tout aussi évasifs, et pourtant on dirait que c'est à toi que le morceau est dédié. Tu ne leur as pourtant rien fait, tu ne les connais même pas, et cependant tu les regardes, d'autant que si tu prenais le risque de regarder ailleurs, pas de doute qu'ils feraient tout pour récupérer ton attention.

Les autres ne semblent pas trop souffrir du vacarme, ils s'en foutent royalement. Pour ta part, tu n'arrives jamais à cette décontraction. Toi, même au théâtre tu as l'impression de gêner. Même au théâtre tu n'arrives jamais franchement à te défaire de ton personnage, prendre cette distance que suppose l'attention. D'ailleurs, dès qu'un comédien décide de mettre un spectateur à contribution, c'est sur toi que ça tombe. Même au cinéma te vient parfois le sentiment d'incommoder les acteurs.

Tu en es à prier pour que la mélodie passe, et pourtant tu sais bien que le pire est encore à venir, avant d'avoir la paix il faudra endurer l'épreuve ultime, celle de la casquette. Qu'il est rude le moment où on attend son tour, tout en cherchant la monnaie, mais pas trop.

Le violoneux commence à passer de table en table, pendant que l'autre continue d'égoutter *Kalinka*. Une fois le Slave en face de toi, tu ne crains plus rien, t'es même tellement à l'aise que tu lui dis un petit mot. You, russe? Hein? pas comprendre? You russe, ou pas?

C'est là que le visage du fougueux s'illumine, l'accordéon se rehausse, sûr d'avoir trouvé en toi le vrai spectateur, l'amateur pur. Rien que pour toi ils embrayent, ils te jouent du russe, du qui vrille et qui accélère, du russe comme s'il en pleuvait. Pour le coup tout le monde te fustige, toi le m'as-tu-vu, toi le frimeur qu'hésites pas à graisser la patte des manants pour qu'ils lui jouent sous le nez.

C'est peu dire que tu ne sais plus où te mettre, et si tu tapes dans tes mains, c'est vraiment parce qu'ils t'y invitent, que ça occupe aussi, mais surtout pour que le serveur te voie enfin, qu'il te repère, qu'il t'encaisse et que tu dégages, quitte à payer le café cent balles, à laisser toute la monnaie, ou à leur payer à eux...

Un hélicoptère passe en survol à ce moment-là. Vue de là-haut, la scène ne doit pas manquer d'intriguer. Toi, encerclé d'une ronde de furieux inextinguibles, ta main qui ressort au milieu de ça, le billet en drapeau, tendue au possible.

Tout en muscles

Comme garçon tu es de toutes les piscines, rien ne te va mieux que de te découvrir, maillot ou débardeur, un tantinet apollon. Et s'il est convenu de dire qu'il faut souffrir pour être beau, ton charme vient sûrement de ta peine, toutes ces heures passées à creuser en toi-même, à tirer de la fonte ta propre pesanteur. Total, aujourd'hui, il est clair que tu en imposes.

Seulement voilà, pour être parfaite, pour être entretenue par les diététiques les plus pointues, ta stature n'est cependant pas la plus ultime. Quoi que tu fasses, il arrive parfois que sur une plage, au bord d'un bassin quelconque, débarque un athlète encore plus abouti.

Un balèze n'est rien dès lors qu'il est éclipsé par un autre, et pendant que le nouveau venu passe du plongeoir au ponton, du ponton au bar, toi tu butes de plus en plus sur tes mots croisés, incapable de te concentrer. Tu le laisses pérorer sur le carrelage de la piscine, tu le laisses régner en maître sur cet amalgame de gens couchés, des hommes admiratifs et des femmes pas loin d'être captivées. De loin tu mesures sa vague, sans doute plus conséquente que la tienne. C'est sûr, tu lui rends au moins ses dix centimètres, aux bras pas mieux, quant aux quadriceps n'en parlons pas. Ce gars-là est tout titan, noueux comme un chêne, cela dit tu le sais bien, même s'il est hors de question de le lui dire en face, il doit y avoir de l'hormone là-dessous.

Qu'importe, ce type est incontournable, il apparaît là dans la splendeur de son résultat, le corps bronzé et les volumes bien en place, sculptural, inégalable. Du coup tu n'oses même plus te lever, même pas pour aller chercher ce jus d'orange que ta femme te demande depuis une demi-heure, car pour peu que tu le croises, que tu te retrouves nez à nez avec le maous, à coup sûr tu frôlerais l'humiliation.

Pourtant tu ne peux pas te dérober plus longtemps, il faut bien que tu ailles le chercher ce jus à ta femme, quitte à passer à côté du gars, à le frôler. D'autant que depuis toujours tu es de ces héros qui éblouissent leurs épouses, tu es de ces hommes dont elles envisagent la physionomie comme une prouesse, toujours aussi amoureuses, t'admirant en tout, dans ces conditions, comment expliquer à la tienne que tu ne peux aller jusqu'au bar lui chercher son agrume, à cause de l'autre qui se pavane…

C'est sûrement ce qu'on appelle l'ironie du sort, mais au moment où tu abordes le bar en paille, l'autre s'y colle aussi. À quoi bon toutes ces heures de souffrances, toutes ces années de musculation, si c'est pour se faire ratatiner rien que du regard dans le premier Club Med venu. Le pire c'est qu'il stationne à côté de toi sans même se vanter, sans même te voir, te reléguant de fait au bataillon des humbles. Si ça se trouve, il ne fait même pas exprès de t'ignorer, ce n'est même pas une provocation. Il pourrait au moins avoir l'indulgence de te jeter un œil, de reconnaître la qualité de l'effort, la constance du progrès, il pourrait au moins te défier, histoire d'implicitement admettre cette filiation qu'il y a entre son exception à lui et la tienne…

Du coup c'est tout de toi-même qui perd son intérêt, tu redeviens rien de moins que *mon doudou* pour ta femme, *papounet* pour ton gamin, sans plus rien de surhumain.

Le Viking existe tellement plus que toi, que le barman n'a d'yeux que pour lui, aimable jusqu'à la sollicitude. En attendant, tu fais jouer ta pièce entre tes petits doigts musclés, tu comptes sur la faille, la maladresse de taille qui destituerait le stentor. Une autre solution serait de le défier sur un autre terrain, de lui demander par exemple quel est le nom du Soleil pour les Égyptiens, en deux lettres, ou alors quel est ce poisson, en trois lettres, qui fait le joint à plus d'une grille.

Dans le fond, à quoi bon. Plutôt que de se montrer mauvais joueur, autant accepter sa prédominance, autant accepter dès maintenant que pour toutes les vacances ce sera lui que les gosses iront admirer, histoire de voir rouler ses biftecks, ce sera lui que les quasi-éphèbes convoiteront et que les vieilles peaux allumeront le soir, aux veillées. Comme ça, tu seras tranquille. Pour finir, ce gars-là te sauve, et pour peu qu'il ait un peu d'humour, peut-être même que tu t'en feras un pote, si bien que ce jus d'agrume que tu destinais à ta femme, cette bolée de vitamines, beau joueur que tu es, c'est en direction de ton nouveau pote que tu le tendras, histoire de trinquer, et lui, en réponse, il acceptera gentiment.

Charmant ce garçon, vraiment charmant. Il n'aurait pas cette manie de te faire des petits clins d'œil au-dessus de son jus d'orange, il serait même parfait. Parfait.

Rideau

Ce n'est jamais qu'un mauvais moment à passer. Sûr que tu aurais plus fière allure si elle était là, la situation aurait au moins le mérite de la banalité, au lieu de quoi tu considères modérément sa place vide.

C'est d'autant plus dommage que tu l'avais vu venir, tu le pressentais le coup de la scène en plein restaurant, l'envolée de la serviette, ce manque total d'originalité. La surprise fut bien que ça arrive au moment où on servait le plat. Une chance que tu n'aies pas tenté de la rattraper, et qu'elle ait fait l'économie du verre dans la figure.

Le serveur présume que la dame reviendra, si bien qu'il laisse l'assiette. À toi de manger la tienne, sans être perturbé par l'autre qu'est là à refroidir, à te questionner. D'un regard tu fais le tour de la salle. Mine de rien ils ne te quittent pas des yeux. Pour beaucoup, c'est toi l'attraction de la soirée, de ces incidents toujours cocasses qui distraient. Le pire serait bien qu'on te croie atteint, alors tu manges, tu te régales, tu fais même des grands *hum* à chaque bouchée. Pas de doute que tu donnes l'impression de quelqu'un qui s'amuse bien. Certains doivent même t'envier.

— Bon Dieu que ce type-là est fort, sa femme vient de le planter en plein repas, et il continue de manger, peinard...

Tout de même cette furie qui vient de s'envoler, cette silhouette aux volants enflammés, c'était ta Solange, ta petite Sosso. À la maison, jamais tu n'aurais eu l'au-

115

dace de la contrer comme ça, surtout à propos d'une broutille, un détail, jamais tu n'aurais pris le risque de l'énerver.

Le serveur débarrasse maintenant, emportant l'assiette de Solange. Il aura même la cruauté de revenir pour ôter carrément ses couverts et son verre, faire place nette, comme si elle n'avait jamais existé. Le plus curieux c'est qu'il croit bien faire, alors même que ces couverts et ce verre, c'était pour toi une forme de présence.

Pour tout le monde tu n'es plus qu'un homme seul, avec une tarte Tatin comme avenir immédiat, encore deux minutes. Te voilà dans les dispositions de l'acteur une fois la pièce finie, de ces acteurs qu'on retrouve incognito dans le bistrot d'en face, qu'on regarde avec compassion, mais qu'on ose jamais aborder. C'est ça, un acteur au bout du rouleau, tant qu'à faire, t'aimerais bien que le reste de la troupe te rejoigne pour saluer, plutôt que de te laisser seul en scène.

Mine de rien tu guettes le grand rideau rouge qui occulte la porte d'entrée. Personne. Plus de texte, plus faim, plus d'intrigue, rien d'autre que la Tatin, même pas flanquée de sa glace vanille. Le pire c'est qu'après la scène du dessert il te reste encore celle du café, du vestiaire, tant de choses en fait… Cela dit, à bien y réfléchir, la véritable apothéose ce sera sûrement la scène de l'addition. Eh oui, ce soir il était convenu que ce soit elle qui s'occupe de tout, qui t'amène ici en voiture, et t'invite, tout ça parce qu'elle avait un truc important à te dire… Voilà pourquoi t'es venu les mains dans les poches, sans portefeuille, ni rien. C'est pour ça qu'il faut qu'elle revienne, quitte à l'appeler sur son portable, à t'excuser pour tout, et que tu l'acceptes enfin, sa proposition de concubinage ou d'on ne sait quoi… En rester là, en fait ce serait bien ce qui pourrait vous arriver de pire à tous les deux, surtout pour toi.

LE PACHA

L'idée au départ était tout ce qu'il y a de champêtre, a priori distrayante, même si tu avais bien noté qu'avant de sortir l'ancêtre s'était coiffé de sa casquette, une relique habituellement posée dans sa vitrine de trophées militaires, et auxquels il était dit qu'on ne touche pas.

Une fois dehors il t'avait alors parlé de ce lac, à cinq ou six kilomètres. De là tu avais anticipé tout le bénéfice d'une digestion au grand air, une petite balade autour du plan d'eau. Mais surtout, cela devrait laisser le temps à ta femme d'être seule avec sa mère et ses sœurs, à échanger ces propos scellés par la confidence, des propos dont tu redoutes toujours un peu d'être l'objet, même si au fond tu t'en fous.

C'est un lac tout ce qu'il y a de tranquille, à miroiter dans les tons calmes. L'été précoce fait que le Vieux Chalet a déjà sorti les parasols, et qu'on y sert deux ou trois clients épars. Tiens, ils ont même sorti les pédalos…

L'idée bien sûr est venue de lui, et sous l'apparence de la plus parfaite spontanéité, en fait il l'avait longuement préméditée, un plan vers lequel il t'a savamment téléguidé depuis le matin.

Sur le coup t'as rudement tiqué, pour tout dire tu croyais à une blague, et en fin de compte t'as accepté, un peu obligé tout de même. Dans le fond, un peu d'exercice ne fait pas de mal.

Jusque-là votre conversation s'était contentée de peu, de ce renouveau qui fait jaillir les jonquilles, des feuilles qui percent sous les bourgeons, des jours qui rallongent. Au moins le coup du pédalo ça permettra de souder l'ambiance, d'ailleurs soudain tu le sens moins froid.

La complicité c'est pourtant pas son fort à ce bonhomme-là, et puis l'idée de parler avec le père de ta femme, le géniteur de celle que tu désires et embrasses, quelque part ça te fiche mal à l'aise.

Complice ou pas, toujours est-il que tu te retrouves à embarquer, lui en premier, posant le pied sur une embarcation tout ce qu'il y a de plus chancelant et de vague, et puis toi, sur un engin visiblement pas révisé depuis vingt ans, menaçant de verser quand tu t'assois.

— Doucement, voyons ! Allez, à vous la barre.

Ce qui te surprend pas mal aussi c'est ce ton sur lequel il se met à te parler, cette forme d'ordre qui sous-tend chaque propos, une façon de commander, un effet de la casquette sans doute.

Le cocasse c'est aussi cette position, quasi allongés que vous êtes sur un pseudotransat, une attitude toute balnéaire, certainement pas ridicule.

— Paré à appareiller ?

— Pardon ?

Et c'est là qu'il te reprend, à cause d'une soi-disant ficelle que tu n'aurais pas ramenée, et que lui appelle le *bout*.

— Ben oui voyons, sans cela comment voulez-vous qu'on s'amarre ; si tant est qu'on fasse une escale.

— Bien sûr.

Au premier coup de pédale, tu renoues avec cet enthousiasme gamin qui nous prend tous dès lors qu'on se retrouve sur ce genre d'engin, un juvénile emportement, une irrésistible envie de pédaler.

— Ah non voyons, surtout pas, vous voyez bien que si vous virez par bâbord je n'aurais plus la moindre visibilité... On est jamais trop prudent.

Après tout, rien ne t'empêche de jouer le jeu, d'autant que comme garçon tu es plutôt conciliant, et respectueux dans le fond. La seule petite chose serait qu'il précise la nuance entre le bâbord et l'autre, sans quoi, sans remettre en cause son autorité, tu n'y comprends rien.

Vingt mètres à peine et déjà l'amiral s'émerveille du saut d'un poisson, de l'envol d'un canard, tu acquiesces chaque fois, même si tu n'as rien vu. Quand il évoque cette soudaine santé, ce bienfait qu'il sent monter en lui à mesure que vous avancez, la mine un peu pincée tu lui dis que toi aussi tu ressens cela, même si pour tout dire ça irait un peu mieux s'il se décidait lui aussi à pédaler.

— Vous ne pédalez pas ?

Tu as choisi l'ironie, de là pas étonnant qu'il ne te réponde même pas. Par contre, quand il parle d'aller au fin fond du lac tout là-bas, jusqu'à ce fameux barrage qui fait l'ultime limite, là pour le coup c'est toi qui ne réponds pas.

— Cap au 140, et veillez à verrouiller un peu mieux votre cap, mon garçon, *à cap tenu, port en vue.*

À ce niveau-là, répondre serait désobligeant.

Le plus sidérant c'est l'apparent plaisir qu'il prend à filer sur ce miroir d'eau fade, à un moment il te glisse à quel point il t'est reconnaissant... cela dit vous feriez bien de vous écarter de cette zone où menace l'affleurant, et virer de vingt degrés sur bâbord, histoire de croiser plus au large, sans quoi vous y laisseriez un flotteur...

Redresser est d'autant plus pénible que le mécanisme a dû passer l'hiver à rouiller, et que chaque coup de pédale émet un couinement saisissant.

À ce stade-là, autant dire les trois quarts du chemin, tu réalises bêtement qu'une fois rendu au barrage, à la minicascade du débordement, restera encore le trajet du retour, avec un vent nettement moins favorable. C'est là que tu hasardes une supplique, pas trop glorieuse certes, mais dissuasive certainement...

— J'ai le mal de mer.

— Dans ce cas accélérez, pied au plancher, et fixez loin votre regard sur l'horizon, vous verrez, ça passera...

Voilà qu'en prime tu passes pour un délicat. Pour rattraper cette impression-là, tu redoubles la cadence et fonces droit sur la chute.

Une fois considéré le peu d'intérêt du site, déjà il rabat le microgouvernail, paré à virer. Le demi-tour fait, fastidieux et ample, tu mesures combien le Vieux Chalet est loin, au point qu'il apparaît comme une petite cabane.

Tu pédales en réprimant ta nausée, sans plus d'états d'âme. C'est là que tu découvres la froide abnégation, celle qui décuplait les cap-horniers d'antan, ces rancœurs au long cours à colmater sa révolte... À côté de toi le pacha rumine, il marmonne que tu ne vas pas assez droit, que ton hélice patine, que tu passes trop loin des canards... Le coup vache serait de le planter là, de gicler du navire et de rejoindre le Vieux Chalet à la nage. Il aurait bonne mine l'amiral, à dériver jusqu'à la nuit, ou même à dévisser vers le barrage, un genre de mutinerie...

Bien sûr tu ne peux pas faire ça, l'eau est trop froide.

Au comble de la mauvaise foi tu prétextes la crampe, la fracture ou je ne sais quoi, un genre d'à-coup dans la cheville qui fait que tu ne peux plus la bouger, que tu n'en peux plus... Brave comme un militaire dans les coups durs, pur soldat, l'amiral te propose de ne surtout pas forcer, de t'étendre, de mettre ta longue jambe bien à plat, en position de brancard...

Maintenant c'est lui qui pédale, mais certainement pas avec les jambes, à cause de ses hanches arthrosées qui lui interdisent tout mouvement... non, en fait il pédale mais avec les bras, les deux béquilles calées en vilebrequin, et en expirant fort à chaque fois, sur le mode des vieux vapeurs.

C'est sûrement pour vous faire la surprise que le restant de la famille vous a rejoint, en tout cas ils sont là à la terrasse du Vieux Chalet, à vous faire des grands signes et des oh là... De loin, ils ont l'air rudement surpris de te voir allongé, les jambes ramenées sur le caisson, les mains sous la nuque, pendant que le pauvre vieux s'échine à te trimbaler.

À ce stade-là la seule issue serait de couler, de se faire culbuter par une lame ou saborder par les canards, en toute hypothèse ce ne serait pas pire que l'humiliation.

J'AI CRU QUE TU ME PARLAIS

D'aucuns y font le tour du monde dans ces silences-là, ils y baignent dans un parfait confort, et cette application à ne parler qu'en eux-mêmes leur tient lieu de conversation. Avant, ils vous faisaient rire ces mutiques, ces couples tellement rompus à l'ennui qu'ils ne craignent plus de le montrer. Avant, vous désigniez leur table en riant en douce, vous les trouviez certes pathétiques, parfois douloureux, et vous vous en amusiez quand même. Et si ce soir vous ne le faites pas, si vous ne cherchez pas à railler le couple insulaire, c'est que ce soir c'est vous.

Tout commence par la carte, la réflexion qu'elle suppose, ce travail d'imagination. À ce stade-là déjà vous vous taisez, vous n'intervenez pas dans son choix. Juste après la commande il y a ce moment d'imprégnation, celui où vous faites distraitement le tour de la salle, analysant la qualité des gens qui sont là, le décolleté des femmes, tirant de tous ces indices un a priori sur la cuisine qu'on vous servira bientôt. À ce stade-là que dire. Vous taisez vos appréciations sur la physionomie des femmes, plus généralement vous notez que les gens sont bien habillés, vous jugez le sommelier courtois, accréditant votre choix, sachant qu'il vous revient maintenant de goûter, d'émettre un avis, de déplier la serviette, de grignoter le pain, vous êtes débordé.

Dans l'autre camp votre épouse doit faire le constat exactement inverse, trouvant les femmes courtoises, les gens de qualité, et le sommelier bien habillé.

Faute d'avoir vraiment abordé le sujet vous n'avez toujours pas d'enfant, vous n'avez donc même pas cette moindre échappatoire. Avec des gosses à table, vous viendraient des tas de choses à dire, des réprimandes pour la plupart, sur le ton comminatoire qui convient. Ils vous répondraient à la limite de l'insolence, vous exaspéreraient sans doute, mais qu'importe, ce serait au moins une conversation. Alors que là vos bouches éteintes goûtent un apéritif sucré, modulent longue-ment sur une cacahuète, puisent du sens dans une ciga-rette, lancent de la fumée avec une lassitude extrême, émettent des volutes bleutées, mais de mots jamais. La gêne vient moins de la réciprocité de vos silences que de cette attention dont vous êtes l'objet. C'est votre tour d'être le motif, cette œuvre que l'on contemple, cette composition dont tout le monde s'accordera à dire qu'elle est pathétique, tableau expiatoire des couples qui ne feignent même plus de s'aimer. Tout de même il faudrait que vous trouviez quelque chose à dire, si pos-sible dans un sourire, histoire d'invalider les arrière-pen-sées de ceux qui vous croient fâchés.

Le plus grave c'est bien ça, qu'il n'y a pas l'ombre d'un désaccord entre vous, que vous n'êtes même pas en froid, pas le moindre reproche à vous faire. Avant de venir vous n'avez même pas eu de ces altercations qui sabordent une soirée, pas la plus petite contro-verse. Chacun s'est juste préparé dans son coin, et à l'heure convenue vous y êtes allés. Dans la voiture il y avait la radio, une certaine tension en vous garant, et dès le hall, le maître d'hôtel qui déjà s'occupait de tout.

À ce moment-là, le plus cruel serait de songer à votre premier dîner, ce jour d'exception où tout baignait dans l'huile. Ce jour-là il n'était pas question de restaurant chic, tout juste un petit grec aux mosaïques chaudes, et si le souvenir qui vous en reste est ensoleillé, c'était pour-tant l'hiver. Ce jour-là vous aviez quantité de choses à dire sur vous, vos projets valaient la peine de s'y arrêter. Ce jour-là vous aviez soif de tout savoir, vous la questionniez avidement sur son nom, la genèse du patronyme, sa famille, ses études, son passé, tout vous intéressait. Elle aussi avait beaucoup à dire, même si contrairement à vous elle s'en tenait à des propos beaucoup plus conformes à la réalité. Chacun des sujets que vous abordiez devenait l'objet d'une nouvelle promesse ; elle aimait de La Tour, vous iriez au musée, elle aimait la piscine, vous apprendriez donc à nager. Ce soir, pas de doute qu'elle doit toujours aimer de La Tour – du moins il est à espérer que vous ne l'avez pas également dégoûté de ça –, elle doit probablement encore aimer nager, mais vous n'auriez aucune envie d'aller à la piscine pas plus qu'au musée.

Ici, le service suppose qu'on se taise. Ne comptez donc pas sur ces moments-là pour vous sauver en quoi que ce soit. La servitude est tellement cérémonieuse, tellement convenue, qu'il ne viendrait pas au serveur l'idée de parler. Lorsqu'il vous dira bon appétit, vos merci se chevaucheront, à peine audibles.

Vous sentez que les observateurs ne manquent pas. Qu'importe, vous mangez. Vos bouchées passent bien, la combinaison des saveurs est subtile, le vin se marie bien.

Vous n'allez tout de même pas lui raconter votre journée, elle s'en fout de vos journées, toujours les mêmes. Vous n'allez rien lui demander de la sienne, chaque fois elle le prend mal. Quant à la journée des autres vous pourriez à la rigueur vous y intéresser, mais lesquels ? À cet effet il y a pourtant les ministres, les présidents, les députés, les présentateurs et les sportifs, tous ces êtres autres que nous-mêmes, mais qui ont au moins le mérite de nous permettre d'en parler…

Enfin vous réentendez sa voix au moment de commander le dessert, cette voix si familière qui jadis couvait vos mots d'amour, qui pansait vos moments de doute, et qui, là, demande une farandole de profiteroles, pas trop glacées.

Après tout cette banquise qui a fini par prendre entre vous, ce prodigieux antarctique, voilà peut-être l'émanation suprême de l'amour, la phase la plus achevée, la communion ultime des âmes. C'est alors que vous l'entendez se racler la gorge, s'apprêtant à parler. Pourtant il n'y a là ni serveur ni maître d'hôtel, c'est donc bien à vous qu'elle va dire quelque chose. Alors elle prend cet air sévère qui augure des diagnostics, quand ils ne sont pas bons. D'avance vous savez que dans vingt secondes vous serez mal, les bras ballants, sur les genoux. D'un coup vous reviennent des tas d'images, le resto grec et les enfants en rade. Puis les deux mots tombent sur vous comme une poutre, deux mots qu'on ne voit jamais venir, sinon au dernier moment, quand il est trop tard,

— Faut que je te parle.

Pause déjeuner

Un gamin de huit ou dix kilos, un fragment de bon-homme, un avatar, il n'en faut pas plus pour te gâcher la pause, ce moment de répit que tu prends chaque midi en poussant jusqu'au square. Généralement, ici, tout est calme, rien de très dérangeant, sinon les quelques pigeons qui viennent chaque fois picorer les miettes. Pour le reste il y a des femmes et des enfants, des femmes qu'il t'arrive de regarder, pas loin de la concu-piscence, et des enfants que tu redoutes, les leurs en général. Cette spontanéité franche, ce manque absolu de retenue, à cet âge-là ils sont capables de tout, les gosses.

Celle-ci en a trois, elle a visiblement un mal fou à les juguler tous. C'est pourquoi un des petits, celui qui échappe à sa surveillance, se retrouve là, à tes pieds, essayant, on ne sait trop pourquoi, de te sourire. Pour l'heure il ne fait que jouer avec tes lacets. C'est mignon. Bien sûr sa mère le rappelle, mais puisqu'elle allaite le dernier elle ne s'en inquiète pas plus que ça, d'autant que d'une certaine façon tu t'en occupes.

Pour ne pas paraître trop sévère, tu lui fais une risette, comptant bien que le minus s'estime satisfait et s'en aille, ou au mieux prenne peur. Au lieu de ça il insiste, et, joueur qu'il est, se met même à tirer carrément sur ton lacet. Puisqu'on te regarde, plutôt que de le repousser ostensiblement, tu tentes de nouer le dialogue, sans même prendre ce ton niais, infantilisant et coulant avec lequel tout adulte parle à un bambin.

— Qu'est-ce que tu veux ?

Encore loin du stade de la parole, il te gazouille son borborygme, il te répond à sa façon. Tu feins d'être attendri, surtout qu'en plus de sa mère tout le square maintenant suit la scène, la représentation si cocasse du gars retors importuné par un moutard.

Faute de mieux tu lui fais des signaux vaseux, du genre va jouer ailleurs, mais puisqu'il insiste, c'est sûrement qu'il attend de toi quelque chose.

Idée généreuse, pour avoir la paix tu lui tends un bout de ton sandwich. Heureusement il n'aura que faire du fragment, car elles en étaient déjà toutes à te fustiger du regard, ces mères soudain coalisées, prêtes à te sauter dessus, te signifiant de garder tes microbes.

Au bout de deux minutes il est toujours là, à te fixer droit dans les yeux, pendant que tu mords dans le jambon-beurre.

Mine de rien tout le monde te guette. Repousser effectivement le sale gosse, ce serait déclencher contre toi une vague de réprobations. Pour rire, tu tentes les gros yeux, tu comptes sur une attitude de sévérité débonnaire pour l'impressionner, qu'enfin il lâche prise. Au lieu de quoi tu le fais rire.

La magie du moment est rompue, cette pause tant attendue qui compense l'âpreté de tes journées de travail. Le mieux serait de partir dès maintenant, de faire une croix sur ton pique-nique, de quitter les mésanges, les papillons et les geais, d'abandonner les senteurs de sable, de fuir cette part d'exotisme qui te donne pour la journée la sensation d'avoir foulé le désert.

Non, après tout t'es ici comme chez toi, tu restes, d'autant que l'autre te tient toujours le lacet, il le tire de plus en plus hystériquement. Histoire de marquer tes bonnes intentions, tu lui passes une main sur la tête, mais là le monstre se retourne vers sa mère, en quête d'une appréciation. Pendant qu'il tourne la tête tu tentes subtilement de récupérer ton pied, et là il se met à chialer.

Malgré tout sa mère ne s'affole pas, pas plus que les autres en tout cas, dans un laxisme unanime tout le square te laisse te dépêtrer. À toi de trouver le ton juste, de tenter la connivence pour arriver à le calmer. Histoire d'être moins impressionnant tu descends de ton banc, tu te mets à sa hauteur, plus proche encore tu t'assois à même le sable et fais tinter son hochet. Pour le reste tout y passe, tu lui mimes le singe, le loup, le chien, tu te surprends toi-même par la richesse des compositions et la qualité du rendu, tu te donnes à fond pour être sympa. Mais le mioche ne veut rien savoir, absolument pas préoccupé par toi, rien ne l'intéresse, que ton lacet. C'est d'autant plus révoltant qu'au départ c'est lui qui est venu te chercher, c'est lui qui s'est planté là sous ton nez...

De gosse, tu n'en a jamais eu, tu ne sais pas bien comment ça marche. Tout de même, faudrait lui faire comprendre que c'est pas bien de faire ça, que la politesse commande d'obéir à un grand, de faire semblant de s'y intéresser, mais déjà sa mère le récupère, déjà elle t'enlève ton tout nouvel ami, sans même te demander ton avis, elle se le cale sous le bras et s'en va... Depuis le bac à sable, tu les vois partir tous les deux, sans un geste, sans un mot, même pas au revoir.

D'avance tu sais qu'il va te manquer.

Quand tu retournes au bureau ils sont déjà tous là. Casaniers, ils mangent sur place ou à la cantine, sans même prendre le temps de sortir. Comme d'habitude ils vont te chambrer sur ton goût de l'aventure, cette audace formidable qui te fait chaque jour pousser jusqu'au square, d'autant qu'ils ont l'ironie facile avec toi... Par contre, ce que tu n'avais pas prévu, c'est bien de justifier toute cette poussière qui pour une fois va bien au-delà de tes chaussures, mais tout le long du pantalon, jusque dans le dos.

Vas-y, double

L'embouteillage du vendredi soir c'est l'expression même du départ, la saveur primitive, pour tout dire le meilleur.

Vous roulez depuis une petite demi-heure, le dos ne fait pas encore mal et les pieds sont frais, même le programme de la radio vous convient. On y parle en vrac de bouchons et de météo, on promet un soleil à venir, pour l'heure vous n'en êtes qu'aux éclaircies, mais puisqu'on vous dit que ça va se lever. Votre femme est attentive à tout, jusque-là elle ne dit rien, visiblement d'accord sur toutes vos options prises depuis le départ. À l'arrière trône la marmaille, les deux enfants à cause desquels vous n'en êtes plus aux cabriolets, deux pénibles souvenirs qui sont maintenant à l'âge de l'expression, et ne se privent pas de tout commenter. Pour l'heure ils sont calmes, ils se satisfont chacun d'une bande dessinée, sachant que d'ici une heure il faudra s'arrêter, que ça commencera par des haut-le-cœur.

L'allure est celle des tours de chauffe. On se serre au plus près dans des vitesses respectueuses, allant et venant entre troisième et quatrième, cinquième sûrement pas. Vous êtes très en deçà de l'excès de vitesse, c'est une moindre satisfaction. Puis vient l'épreuve des bretelles convergentes, où l'on commence à brouter la main sur le levier, avant de rétrograder, puis de freiner. Pour finir on se retrouve à l'arrêt, comme les Caddies aux caisses. Pour se rassurer on dit qu'il s'agit là des prémices du péage, l'histoire d'un kilomètre à peine, puis à voir filer des gyrophares sur la bande d'arrêt d'urgence on sait que c'est carrément plus grave, pour ne pas dire l'accident. On stagne là avec une résignation animale, la radio devient trop forte, les gamins plus étranges, et la soif monte autant que l'envie de pisser.

Mais vous avez sous la main la voiture parfaite. Un petit coup de clim, une bouteille d'eau fraîche, et déjà vous revient cette disposition tranquille qui baigne votre âme, cette partie de vous qui est déjà en week-end.

Derrière, les petites têtes cherchent à savoir pourquoi on reste là, posant de plus en plus de questions. Vous leur jetez un sale œil dans le rétro, mais elles sont tellement rondes ces petites têtes, tellement troublantes à force de vous ressembler, que d'emblée vous pardonnez. À côté de vous votre femme croise et décroise les jambes, à croire qu'elle s'impatiente, mais elle n'en dira rien. Exemplaire, elle aussi. Pourtant, ça fait près de dix minutes que vous n'avez pas bougé. Au plus loin qu'on puisse regarder, le ruban s'étire sans le moindre indice de mouvement, on n'y voit que des voyants rouges allumés.

C'est là que vous perdez un regard sur la bande d'arrêt d'urgence, parfaitement vierge et libre, faite pour vous tenter. L'adolescent révolté que vous étiez il y a vingt ans, le parfait insoumis, pas de doute qu'il se serait déjà engagé dessus, et qu'il remonterait le cortège pleins phares, le bras d'honneur à la portière et le klaxon à l'italienne. Aujourd'hui, vous voilà de ces civilisés que vous défiiez hier, que vous provoquiez en pointant le doigt.

Pas grave. De toute façon, depuis quelque temps vous ne doublez plus, vous n'avez plus le goût, pas plus par la gauche que par la droite. Alors la bande d'arrêt d'urgence n'en parlons pas.

À partir de là vous ne quittez plus cette idée, vous vous concentrez là-dessus, sur cette perte absolue de l'envie de doubler. D'un coup elle vous inquiète, elle vous entête

comme un problème prostatique ou autre indice de séni-
lité. C'est peut-être ça, vieillir, s'installer dans le surplace,
trouver plus de plaisir à attendre qu'à dépasser. Bon
sang, rien que de prendre conscience de cela vous en
avez froid dans le dos. La clim aussi est un peu forte.
Alors vous coupez tout et rouvrez les fenêtres, à l'an-
cienne.

Pour voir, puisqu'on ne bouge toujours pas, vous
essayez de remonter jusqu'à la date précise, ce jour à
partir duquel vous vous êtes mis à ne plus doubler.
Dans la foulée vous comprenez que pour pallier cet
avachissement, pour enrayer toute prise de l'âge, il suffirait de renouer avec ce penchant révolté, cette inconséquence qui commande toujours d'oser.

Oui, c'est ça, de doubler maintenant, d'enquiller
plein gaz la bande d'arrêt d'urgence, ce serait comme
remonter le temps, une vraie cure de rajeunissement...

C'est là, au moment pile où vous donnez le grand coup
de volant, qu'un des petits vous demande de remonter la
vitre, parce qu'il a froid, et que votre femme vous trans-
perce d'un regard cinglant : tu ne vas tout de même pas
faire ça...

Moi un salaud

… il était dit qu'un jour ou l'autre vous en viendriez à cette conclusion. Quand on songe à tous ceux que vous tenez pour tel, à force d'en allonger la liste il était dit qu'un jour ou l'autre vous finiriez par vous retrouver dedans.

D'autant qu'il y a longtemps que vous aviez des soupçons. À plusieurs reprises déjà vous vous êtes observé, que ce soit à propos du licenciement d'un collègue, ou de ce coup de main à donner lors d'un déménagement, des tas de situations auxquelles vous vous êtes dérobé.

Puis vient le jour où le constat s'impose, le jour où on ne peut faire autrement que de se déconsidérer.

Bien sûr il faut du recul pour ça, et là, assis dans votre voiture, les portières prudemment verrouillées, c'est précisément le recul que vous cherchez. Mais à cause de la voiture derrière, impossible de se dégager, quant à la voiture devant, elle vous gêne d'autant plus que c'est une camionnette, et que son chauffeur-livreur, après les coups de poing, passe aux coups de pied sur votre carrosserie.

Une façon de se consoler est de se dire qu'il doit se faire mal à taper comme ça, d'autant que la Toyota est neuve, et tout-terrain qui plus est. L'idéal ce serait qu'il se flingue la malléole ou le poignet, qu'il se retrouve à terre en se tortillant de douleur. Là peut-être vous sortiriez, là peut-être vous répondriez à son invitation à se battre.

De toute façon le côté démonstratif de ces gens-là vous énerve depuis toujours, à peine titille-t-on le livreur que déjà il se sent offensé, atteint dans sa légitimité. Certes, celui-là vous avez commencé à le klaxonner avant même qu'il soit arrêté, mais c'est que d'avance vous le sentiez venir, d'instinct vous saviez que ce gros con-là allait vous bloquer le passage. C'est sûrement cet empressement qui l'a excité, ou votre façon de lui répondre du tac au tac, à moins que ce ne soit la calandre nickel et chromée de votre voiture surélevée, le genre de bijou qui rend jaloux. En tout cas, d'emblée vous avez senti que ce gars-là ne vous aimait pas.

Maintenant, pour ce qui est de l'agression propre-ment dite, c'est lui qui a commencé. En effet, alors même que vous klaxonniez, tout comme les autres der-rière, le sale type a pris le temps d'ouvrir le coffre de son engin, d'en sortir un carton, et de vous balancer comme ça, froidement, avec son bordereau de livrai-son coincé entre les lèvres, « deux minutes… ».

Le pire, c'est qu'il n'a même pas refermé les deux battants de sa camionnette, signe qu'il avait l'intention de récidiver avec un deuxième carton, voire trois… C'est simple, dès qu'on est un peu laxiste, les gens ne savent plus s'arrêter.

Pour le troisième carton, par contre, vous ne vous êtes plus contenté de petits coups de klaxon sournois, non, là vous avez carrément calé la paume sur le milieu du volant, faisant un bruit qui même vous vous énervait.

Ce coup-là, tout de même, le gars était atteint. Impres-sionné par le volume sonore, il en a d'ailleurs laissé échapper le bordereau, le carton a même manqué lui glisser des doigts. Quel regard ne vous a-t-il pas lancé… que de haine y avait-il là-dedans… Une bête. Pire que ça, même.

Évidemment, c'était fatal, le simple fait de se mettre quasiment à quatre pattes sous votre calandre pour récupérer le bordereau, plus le petit coup d'accéléra-teur que vous avez donné à ce moment-là, histoire de

lui faire croire que vous avanciez, voilà qui immanquablement lui a donné le coup de sang...

Là le gars s'est relevé, sans même avoir retrouvé le
bordereau, et d'emblée il s'est mis à vous tutoyer et à
vous demander de « sortir, bonhomme... ».

Bonhomme. Depuis quand ne vous avait-on pas
appelé ainsi...

Puis il s'est mis à le répéter... Alors tu sors, *bonhomme*, refaisant vingt fois sa proposition, de plus en
plus énervé.

Fatalement, face à une situation aussi bloquée, vous
n'avez pas hésité à entrouvrir votre vitre, et à lui balancer
un *ta gueule* qui vous a surpris vous-même.

Il y a longtemps que vous ne l'aviez pas sortie celle-là,
et pourtant l'insulte vous est venue comme ça, naturellement, symptôme de ce combattant qui sommeille en
vous.

Là, bien sûr, il s'est rapproché, et vous avez remonté
la vitre, à deux doigts de coincer ce poing qu'il tentait
de rentrer dans l'habitacle.

Une chance tout de même que les vitres du 4 x 4
soient rapides, sans quoi le poing serait bel et bien ren-
tré, tournoyant et agile, et au lieu de cogner sur la vitre
il aurait peut-être atteint le nez.

À partir de là, évidemment, tous les éléments étaient
réunis pour que de part et d'autre tout le monde
exagère. Lui d'abord, en donnant ces poings à la vitre,
sans même se rendre compte que c'était du verre
sécurit, et vous en continuant de lui rabâcher des
invectives, des phrases courtes articulées autour de
pauvre type, ou *dégage*...

Il y eut une trêve dans l'escalade, c'est quand il s'est
planté sur le trottoir, et vous a demandé de sortir, en
prenant tout le monde à témoin.

Dans ce genre de circonstance, les témoins ont vite fait
d'affluer, sagement cantonnés au rôle de spectateurs,
pressés pour la plupart, avides en tout cas. Évidemment,
dans l'intérêt de la représentation ils attendaient tous

que vous sortiez, au lieu de rester là dans votre fauteuil, un brin mauvais joueur.

Mais c'est comme ça, vous étiez bien dans la voiture, la position idéale et la clim bien réglée, pas la moindre raison de bouger. Un peu soumis à la pression, plutôt que de rester sans rien faire, le pauvre type s'est mis à filer des coups à votre bagnole, ne doutant pas de vous atteindre. Tu parles.

Il faut reconnaître que ce gars-là avait d'indéniables aptitudes, physiques toujours, parce que le capot commençait à se modeler sous ses poings. Autant dire que l'aérodynamique du bolide était secouée, c'est d'autant plus regrettable quand on songe aux années de recherche et de prouesses technologiques qu'il faut pour arriver à fuseler un 4 x 4.

C'est là que vous vient la pensée cruciale, celle qui vous déstabilise d'un bloc : ce pauvre type est en train de s'acharner sur une voiture qui est la mienne, que j'aime par-dessus tout, et moi, lâche que je suis, je ne fais même rien pour me défendre... C'est dur d'attendre de soi qu'on réagisse, et que malgré cela rien ne vient, pas la moindre intention. Vous pourriez au moins avoir la présence d'esprit de demander un quelconque secours, mais lequel ? Appeler le concessionnaire, après tout c'est lui qui vous l'a vendue cette bagnole, la merveille qui exacerbe les jalousies, dans le cadre du service après-vente il pourrait peut-être vous sortir de là.

Et c'est là que se révèle un des prodiges de l'humain, l'aptitude à l'autocritique. Comment vivre avec cette image-là, comment accepter l'idée d'avoir été assez pleutre pour laisser un inconnu s'en prendre à ce qu'on a de plus cher, comment revisiter cette faiblesse sans en avoir la nausée...

De là naît la révolte, l'esprit de rébellion, puisque le gars en est toujours à vous tourner autour du capot, vous avez le geste fort de lui balancer un jet de lave-glace, une giclée suffisamment opportune pour que le gars s'accoude et se torde comme s'il perdait les yeux.

Cette fois il est à terre. Encore une chance que vous soyez bon prince, sans quoi d'un léger coup de première vous lui rouleriez sur l'estomac. Une chance pour lui que vous ne soyez pas violent. Et magnanime surtout. Mais ça, jusqu'à aujourd'hui vous ne le saviez pas, du moins vous ne vous en étiez jamais donné la preuve.

FOOTEUX

Tu es là pour les accompagner, rien de plus. Quant aux places, on te les a offertes, un client à toi, sans quoi jamais tu aurais mis cinq cents balles pour voir ce sport sommaire où tout repose sur un ballon, et les réflexes plus ou moins ajustés du plus placide d'entre tous qu'ils ont mis devant les filets.

Mais puisqu'ils aiment ça, pour leur faire plaisir tu les as amenés.

Tes gosses sont parfaitement idiots, c'est la première fois que t'en fais le constat. De les voir gesticuler comme ça, ça t'interroge sur la filiation. D'où leur viennent cette animalité stupide, cette hystérie corporelle, à coup sûr de ta belle-famille, mais enfin, tu ne peux tout de même pas leur en vouloir aussi pour ça. Quant au beau-frère n'en parlons pas, à son sujet il y a belle lurette que ton opinion est faite. Tout de même, pour ne pas trop être rabat-joie, tu as consenti à ce qu'ils te dessinent le même petit drapeau qu'eux sur le visage, si ce n'est que toi, plutôt que d'en avoir un sur chaque joue, tu as obtenu d'en avoir qu'un seul, mais sur le front.

Si on t'avait dit qu'un jour…

À partir de là tout t'accable. N'empêche que tu prends ta canette en main, le Coca offert par le sponsor, en même temps que la casquette et le foulard, toujours de Monsieur Coca, celui-là même qui t'a offert les billets, ton client à toi. Encore heureux que tu te sois affublé de la panoplie complète, au moins quand le client passe te saluer, il est comblé de voir que tu joues le jeu, cocaïsé

137

de la tête aux pieds, sans oublier le petit fanion que tu agites devant lui, sans trop y croire. De te voir aussi bien disposé, optimiste et enjoué, sûrement que ça l'enchante au plus haut point, et pour ce qui est de la reconduction du contrat et des honoraires, ça tombe bien. Après tout c'est de bonne guerre, tu ne peux pas impunément gagner ta vie grâce au marketing sans t'y compromettre un peu, sans y donner de toi.

La voix assourdissante du speaker répercutée par les grandes voûtes, les chants qui montent des gradins, tous ces déluges de mauvaise foi, alors que le match vient à peine de commencer, tout ça te remue jusqu'à la nausée. Même le Coca tu le digères mal. Le comble, c'est que tu es juste en face de l'écran géant, et en plus du spectacle en vrai il faut te taper la retransmission. Où que tu regardes ce match est là, omniprésent et fatal. Il te faudra une qualité d'abstraction énorme pour te soustraire à tout ça, pour ne pas être atteint.

Une fois le premier but marqué, alors là tu comprends mieux. C'est pour retrouver ça que les gens ne restent pas devant leur télé, histoire de baigner dans cette colère parfaitement exagérée, vidanger pour de bon sa rancune, gueuler des tas d'injures et d'imprécations, comme on ne peut jamais vraiment le faire à la maison. À ce niveau-là franchement tu as honte, surtout que tu n'applaudis même pas quand la nation marque une deuxième fois, coup sur coup, ce qui après tout rend ton drapeau un peu moins dérisoire.

— Mais non papa, c'est les autres qui gagnent...

Là-dessus c'est la mi-temps, et il faut avouer que ça tombe bien.

Songe à tous ces abrutis qui chez eux vont aux toilettes, ou au mieux changent de chaîne, le temps de manger un truc ou de faire autre chose. Alors que toi t'es coincé là. Par oisiveté tu perds ton regard devant l'écran géant, tu regardes toutes ces pages de pub qu'à la télé tu ne vois jamais, et là tu manques réellement de flancher, tu te soulèves d'un bond, ne serait-ce qu'intérieurement, en voyant ta tronche sur le retour-image de l'écran géant, au moment pile où la retransmission revient au direct, et où, faute de mieux, le réalisateur fait des plans serrés sur le public histoire de meubler un peu.

Pour tout dire, depuis le début tu le redoutais, avec la chance que t'as, il était dit que ça tomberait sur toi. Dix secondes plein pot, dix secondes sur ta moue abattue et ton grand front en berne, le drapeau ruisselant et le moral au plus bas. En réalisant ça, en te voyant en gros plan, au bas mot sur dix mètres sur quatre, tout d'abord tu n'y crois pas. C'est vrai que ta configuration est assez symbolique, dans le genre « abattu » tu as un côté grand chêne qui même à toi te fait de la peine. Tout de même, c'est dur d'accepter l'idée que la planète entière ait cette image-là de toi. De deux choses l'une, soit tu te reprends, soit tu t'en vas.

Tu n'as pas le temps de te ressaisir, qu'à nouveau on recadre sur toi, un plan encore plus serré cette fois, sur ton regard perdu et ta perplexité béante. Ce qui marque le plus c'est cette rougeur qui te prend, ce grand fard que tu piques irrésistiblement, et franchement, tu sais que tu ne peux pas en rester là, il faut au moins sourire ou faire coucou, manifester un quelconque signe de vie.

Trop tard. La caméra est déjà sur quelqu'un d'autre, une fille cette fois, parfait contraste avec toi, puisque celle-là est peinte du drapeau adverse, communicative d'enthousiasme et soulevée de joie. L'antithèse. Une facilité dialectique de la réalisation.

Songe à tes clients. À l'image que dorénavant ils auront de toi. Toute une mi-temps tu tiendras comme ça, obsédé par l'idée que la caméra revienne, qu'elle te vole à nouveau un de tes états d'âme en instantané.

Alors ta parade face à ça, c'est de sourire en perma-nence, de forcer le rictus et de te tenir bien droit. Même quand la nation se reprend un troisième but, puis un autre, plutôt que de t'en foutre ou de prendre l'air consterné tu sautes de joie, tu te concentres sur cette image dynamisante qu'il faut donner de soi, cette attitude de winner. Comme ça, à la face du monde tu affiches ce paradoxe absolu, cette parfaite antinomie du gars qui paume mais qu'est content.

Évidemment, tu te doutes bien qu'après ce coup-là il te faudra t'expliquer longuement auprès de Monsieur Coca, au nom de la représentation nationale il n'est pas dit qu'il reconduise le contrat avec un patriote-traître, un gars qui jubile chaque fois que le pays se prend un pion.

Qu'importe après tout, l'essentiel est bien que toute la famille, les amis proches comme les collègues lointains, que tous t'aient vu sourire, pour une fois.

UNE FEMME SUR L'ÉPAULE

Pas de doute, cette attitude t'honore, ce don de soi, cette manière de sacrifice, y a pas à dire, c'est beau.

Au moment du départ, on sait du voyage qu'il sera l'occasion de tout un tas d'activités, d'une part il y aura le déroulé du paysage, cette projection ininterrompue de panoramas convoités, et puis il y aura ce paquet de magazines qu'on vient d'acheter, des intrigues princières pour parodies d'actualité, des grilles où l'on jettera deux trois mots, quantité de choses sérieuses qui de gare en gare n'en finissent pas de se relativiser.

Puis vient l'instant où l'on bloque sur une double page, une grande photo où le regard se fige, les mains s'arrêtent, on s'assoupit.

C'est très exactement ce qui vient d'arriver à votre Solange, piégée au beau milieu d'un article sur Toutankhamon, c'est là-dessus qu'elle s'écroule, et laisse glisser sa tête jusqu'à vous. Depuis, vous baignez dans la sensation mâle d'avoir une femme sur votre épaule. Elle, déjà plongée dans l'escapade de ces deux jours en douce vers lesquels vous filez.

Cinq minutes maintenant que vous êtes figé dans cette position, c'est à peine si vous pouvez diriger votre regard de droite à gauche, histoire de savourer un temps le paysage. Au hasard de ces personnes éparpillées dans le wagon, certaines vous font face, et pas de doute qu'au milieu de l'une d'elles il est une romantique pour convoiter la scène, pas de doute qu'il est une envieuse pour jalouser la pause. Ce doux visage échoué sur votre épaule, à voir, cela doit faire l'effet d'un ange réfugié en son Saint.

Pourtant, à mesure que la douce se repose, vous commencez à percevoir une diffuse raideur dans votre côté gauche. C'est là que vous prenez toute l'ampleur du défi. D'ailleurs en ce moment même vous vous le dites : que serait cet amour s'il n'était pas capable de dépasser la douleur, que serait cette passion si elle ne vous permettait pas de sublimer l'ankylose. C'est alors que vous revient l'image de ces bons moines, de purs esprits consignés dans des postures statiques, et qui à mesure de la souffrance se sentent aspirer par la gnose. C'est du reste bien la première fois que cette maîtrise que vous-même avez du zen vous sert à quelque chose.

Voilà dix minutes que vous tenez – c'est du moins ce qu'atteste votre montre –, dix minutes que vous êtes aboli en elle, que vous préservez son sommeil, et que vous prenez sur vous avec la félicité d'un dominicain. Et pendant ce temps-là, au-dehors, la Corrèze se confond au Limousin, sur les prairies vertes les vaches accusent le relief, et des ouvrages font que parfois le paysage en bas plonge profond, surplombant des torrents, des fleuves et des rivières. Autant de merveilles qui vous échappent. Tout de même, vous lui en voulez bien un peu à votre femme, vous lui en voulez de vous avoir laissé le côté couloir.

La prochaine fois que vous regarderez votre montre, cela fera un quart d'heure. Vous auriez parié plus. Petit à petit, la chaleur et la douleur aidant, la fixité de votre position tourne à la scoliose, d'autant que le poids de sa tête, accentué par l'effet des secousses, vous rabat l'omoplate en deçà de l'épaule. Malgré tout vous affichez le sourire, histoire que la bravoure ne se démente pas, que l'appréciation des autres passagers ne se nuance pas, histoire surtout qu'ils n'entrevoient rien du grotesque qu'il y a à endurer l'épreuve d'un tel inconfort.

Alors, pour ne pas altérer cette belle impression que vous donnez, pour ne rien compromettre de cette abnégation qui se confond si bien à la droiture des épineux, vous tenez bon. Cela dit, malgré ces sollicitudes muettes qui quelque part vous ravissent, malgré cette fermeté qu'elles escomptent, vous aimeriez bien obtenir d'elles un délai, deux ou trois minutes à peine, juste le temps de vous déverrouiller un peu ce côté-ci du corps, et si possible faire un petit tour aux toilettes. Vous n'ignorez pas la déception globale que cela générerait, sans compter que réveiller brutalement votre femme, la repousser alors qu'elle navigue dans les prémices onctueuses d'un sommeil paradoxal, voilà bien qui revêtirait pour elle la violence d'un désaveu.

Combien furent-ils ces combattants condamnés à l'héroïsme, contraints à la vaillance faute de solution de repli.

Mine de rien vous comptez bien un peu sur un troublant ralentissement, l'arrêt en rase campagne, ce moment vague où tout bruit s'arrête, et qui ne manque cependant pas de réveiller tout le monde, votre Solange avec. Seulement voilà, pas le moindre stop pour dégager votre épaule et votre sacrifice ira jusqu'au bout des cinq cents kilomètres.

Tout le week-end vous reviendrez sur ce fait d'arme. Pas de doute que votre pauvre femme honteuse ne pourra guère que s'en vouloir, dès la sortie du train, de vous voir marcher ainsi, le dos en anse de théière. C'est sûr, elle sera aux petits soins, elle ira même jusqu'à porter les bagages. En somme, pour peu que vous teniez encore, au moins jusqu'à ce qu'elle se réveille, vous vous ouvrirez là les portes d'un week-end somptueux.

ÉCHANGERAIT ÉCHANGISTE

C'est toujours un peu le problème avec les gens que l'on connaît mal. Après tout cette fille tu ne la fréquentes que depuis deux semaines, dont trois dîners, trois fameuses soirées dont tu portes encore certains signes de fatigue.

Après tout c'est de ta faute aussi, depuis le temps que tu comptais rencontrer une femme entreprenante, une nature tout ce qu'il y a de disposée à l'initiative, en tout cas ça te change des mélancoliques. Jusque-là tu n'as jamais plu qu'à des femmes qui prenaient ton apathie pour une sérénité, des femmes qui n'allaient pas bien...

Jamais une mélancolique ne t'aurait amené dans ce genre de boîte là.

En rentrant tu avais trouvé l'endroit charmant, tu avais même apprécié le zèle avec lequel la dame t'avait demandé ton vestiaire, souriante qui plus est, plutôt surprise que tu veuilles à tout prix garder ta veste.

Tout de même sa tenue t'avait paru un peu sommaire, non pas que tu sois prude ou conformiste, mais jusque-là tu étais toujours allé dans des boîtes où les serveuses avaient au moins une jupe en plus des bas.

Après tout c'est sympa, c'est du moins ce que tu te dis en suivant ta nouvelle amie dans ce dédale qu'elle semble bien connaître, le décor caverneux d'un night-club plutôt recentré, velours rouge et pierre de taille, un peu désert encore, mais c'est qu'il est tôt.

— En attendant, si vous preniez une petite coupe...

C'est le « en attendant » qui t'a tout de suite inter-
pellé, cette proposition qui supposait en sous-entendre
une autre. Soit, va pour la coupe, et même deux.

Visiblement ton amie connaît déjà le serveur, un mus-
culeux moulé dans le cuir, un brin torse nu. Toujours est-
il que le bellâtre, en plus de vous apporter les coupes,
vous fait une bise à tous les deux.

Charmant tout de même. C'est toujours plaisant de
découvrir une nouvelle adresse, surtout quand d'emblée tout semble parfait, l'accueil chaleureux et le
champagne de bonne marque.

Chaleureux, c'est le mot qui te revient quand ton
amie te demande ce que tu penses de l'endroit, un peu
surprise que tu ne le connaisses pas déjà, que tu n'en
aies même jamais entendu parler. Chaleureux, oui c'est
ça, globalement c'est la chaleur qui domine, un genre
de climat qui suppose au moins de tomber la veste, toi
qui as pour principe de ne jamais te défaire de rien,
de toujours tout garder sur toi, le foulard comme le
blazer.

Tu comprends mieux son haussement d'épaules de
tout à l'heure, quand tu lui as demandé si elle n'avait
pas trop chaud. En fait elle n'a pas grand-chose sous
le manteau, rien qu'un bustier flottant tout en tulle,
sans soutien-gorge, c'en est presque gênant ; pour ce
qui est de la regarder dans les yeux en tout cas.

« Droit dans les yeux », c'est ce qu'elle t'engage à faire
au moment de trinquer, histoire de sceller quelque chose
entre vous, comme à l'imminence d'un temps fort.

Un couple s'assied à la table du fond, la dame tout
aussi peu frileuse, le type excessivement courtois,
d'ailleurs même de loin il te dit spontanément bonjour.

C'est tout de même aimable de saluer comme ça les
autres tables, c'est la marque que l'endroit est salubre-
ment fréquenté.

Pourquoi ne pas le dire, tu avais des doutes sur cette
fille au départ. Comme dirait ta mère, c'est la faute à

ton naturel inquiet, tu vois le mal partout... En fait cette fille-là est bien, un peu piquante dans sa façon de s'habiller, belle femme ou presque moderne, quoi !

N'empêche que tu te vois mal la présenter à ta mère.

Après tout c'est l'été. Tu l'aurais rencontrée en plein mois de janvier, pas de doute qu'elle trônerait dans des styles plus achevés.

Dans six mois de ça, où est-ce que vous en serez tous les deux, mariés ou perdus de vue...

Sa coupe est à peine vide que déjà elle en commande une autre, à condition toutefois que tu finisses bien vite la tienne, afin de l'accompagner.

Soit. Va pour une deuxième. Méfiance tout de même, comme tu as le ventre vide, ce serait plus raisonnable de croquer un petit quelque chose en même temps.

Tu fais beaucoup rire la serveuse quand tu lui demandes un croque-monsieur, voire madame, ou une assiette de charcuterie...

— Monsieur veut se caler l'estomac avant de passer aux choses sérieuses... ?

Tu as parfois du mal avec l'humour des noctambules. Toujours est-il qu'ils ne font pas à manger, qu'il n'y a même pas de cuisine.

— Par contre des soucoupes de cacahuètes, autant que vous voulez.

Les toilettes en disent long sur la qualité d'un établissement, c'est le révélateur indéniable, celui que tu ne manques jamais d'inspecter. Là, franchement, rien à dire, tout est en ordre, nickel et désodorisé. N'eût été cette absence de verrou, tout serait parfait.

L'idée que la porte ne ferme pas te bloque toujours un peu, la décontraction est difficile, d'autant que de l'autre côté quelqu'un vient d'entrer. Tant pis, tu urineras un autre jour.

Face au lavabo tu tombes sur le grand type de la table du fond, il est là à passer une sorte de slip très mince, visiblement en cuir. Au moins celui-là n'est pas pudique, le genre d'affranchi qui très tôt t'a fait abandonner le football, le type qui devise tranquille, à poil comme habillé.

Sûrement pas un Parisien. Il doit jouer dans un club de province. Toujours est-il que le pantalon sur les pieds ne le gêne aucunement pour engager la conversation, à propos de son érythème, suite au cuir probablement, c'est pourquoi il met le string en début de soirée, pas avant.

Toujours à cause de ton tempérament inquiet, à un moment tu te demandes même s'il ne serait pas un peu, comment dire... En fait non, puisqu'il est venu avec sa femme, et depuis qu'ils sont là ils n'ont pas arrêté de se tripoter.

En tout cas tu notes qu'il se lave les mains avant d'aller aux toilettes, un type bien. Sûrement qu'il se les relavera après. Pour le reste il est un peu déçu quand tu lui dis que c'est la première fois que tu viens, qu'en général tu ne sors jamais... Pas grave, il te dit, ça se passera bien.

Par précaution, tu attends que le type soit remonté avant de mettre ta pièce dans le téléphone.

— À tout à l'heure.

— Oui c'est ça...

N'ayant toujours pas de portable, tu en es encore aux téléphones à pièces, les caissons de plastique coincés entre l'urinoir et le lavabo. Sans t'appesantir, tu passes la consigne à ta mère de nourrir le chat, puisqu'elle habite sur le même palier, et qu'elle a la clé. Au fait, tu lui dis que tu rentreras tard. Oui tard. Du moins souhaitons-le. Mais c'est promis, s'il y a encore de la lumière tu passeras la saluer, ne serait-ce qu'un petit coucou. En remontant des toilettes tu te dis que finalement il aurait mieux valu qu'elle prenne carrément le chat avec elle, au cas où il aurait peur du noir, il n'a pas l'habitude de rester seul le soir, surtout sans la télé... Et c'est là, au moment de rejoindre ta promise, que soudain tout s'accélère... En fait ils sont là, le couple de tout à l'heure, le type en slip et la dame en soie, ils sont là, installés à votre table, se tutoyant tous les trois en plus de rigoler. Ce type-là est tout de même spécial, d'une familiarité foudroyante, tu ne le fréquentes que depuis deux minutes à peine, et déjà tu connais la marque de ses slips et tu dois même tolérer qu'il se mette à tripoter sa dame devant toi, sachant que, de l'autre main, il tape dans tes cacahuètes. C'est tout de même sommaire comme présentations.

Ton amie te dit de venir t'asseoir plus près d'elle, et commence à t'embrasser elle aussi, histoire sans doute de faire comme eux.

Certes tu n'es pas prude à ce point-là, ça ne te gêne pas d'embrasser en public, ces choses-là ne se font pas qu'à domicile, mais la bizarrerie tout de même, c'est la présence des deux autres juste à côté de vous, sur le même côté de la banquette, et la façon qu'a ton nouveau copain de faire des bruits de succion intolérables, et d'embrasser pas que sur la bouche.

Puisque l'amour est plus fort que tout tu te laisses faire. Décidément ta copine est vraiment surprenante, disons qu'avec un peu de recul tu la qualifierais de libérée. Pour ne pas la froisser tu te libères toi aussi, tu la laisses t'embrasser et l'embrasse toi-même, tu ne bronches pas le moins du monde quand elle se met à te glisser des mains un peu partout, parce que dans le fond ça n'est pas désagréable, mais là où ça ne va plus du tout, c'est quand ses deux mains naviguent langoureusement sur ton torse, comme le veut la chose, et qu'une troisième vient soudainement t'explorer le bas des reins, puis une autre...

Sur le coup tu trouves douteux que la voisine égare ses paumes sur ta physionomie à toi, tu attribues cette dérive à la distraction, ce qu'on appelle le feu de l'action, après tout ça arrive, en revanche là où le malaise te submerge littéralement, c'est en réalisant qu'il ne s'agit pas de ses deux paumes à elle...

Vraiment spécial comme type.

... Et c'est là qu'une fois de plus, prudence ou pusillanimité, tu n'oses ni te plaindre ni te fâcher, tu feins même de ne pas être surpris. Après tout elle a l'air si ravie ta copine, les deux autres aussi d'ailleurs, ils ont l'air de tellement s'amuser. C'est sûr, si dans ce concert d'appréciations tu exprimais la moindre gêne, la moindre réticence, tu passerais à juste titre pour un rabat-joie. Pas de doute que ça casserait l'ambiance. Et ça ne se fait pas, surtout quand les autres sont à ce point unanimes, au point même qu'un autre couple vient s'asseoir, là encore à côté de vous, à croire que cette place est la meilleure, et commencent eux aussi à piocher dans ta soucoupe.

C'est dingue ce que les gens sont câlins. L'image qui te vient c'est celle de ton chat. À l'heure qu'il est, ta mère a déjà dû le nourrir. Pour le remercier de ça il l'a longuement cajolée, suite à quoi elle lui a sûrement caressé le poil, d'une main oisive et calme, comme on te le fait à toi.

Tactile, va.

EFFRACTION

T'as rien d'un meneur, tu le sais bien, t'arrives à peine à te faire obéir de ton chien. T'as rien du caïd, t'as pas le vocabulaire pour ça, ni le goût des responsabilités. Toi sur ce coup-là tu ne fais que suivre, pour tout dire tu n'étais pas très chaud, surtout de faire ça chez un commissaire-priseur. Foutre sens dessus dessous l'appart d'un commissaire, quel qu'il soit, quelque part ça ne se fait pas.

Bon, d'accord, il était convenu de lui défaire le ménage dès lors que le résident ne serait pas là, pour ça vous avez même répertorié toutes les premières qui se jouent à l'Opéra, sachant qu'il y va chaque fois. Une chance qu'il aime l'opéra, et non pas le foot ; une chance que les opéras ne soient jamais retransmis.

Qu'il ne soit pas là est sans conteste un avantage, mais en ce qui te concerne ça ne change rien. Toi, de toute façon, dès lors que tu fous les pieds chez quelqu'un tu te sens mal à l'aise, que l'occupant soit là ou pas tu te sens mal. Là par exemple, puisqu'on t'a attribué la chambre, tu sais qu'il faut en faire le tour au plus vite, sans trop de scrupules de devoir déranger, et pourtant c'est plus fort que toi, tu veilles à ne rien casser, à ne pas déchirer les tentures, et à ouvrir proprement le matelas. Quant au parquet, bien sûr qu'il faut soulever les lattes, au moins celles des angles, au cas où ça sonnerait creux, mais versaillais ou pas, pur chêne ou banal sapin, il n'empêche que tu le démontes chaque fois aux clous, que tu le relèves doucement, si possible sans faire d'entaille.

Le plus terrible dans cette piaule-là, mis à part le fait qu'elle soit grande et bourrée de tiroirs et de recoins, c'est cette rangée de photos calée sur la cheminée. Sourires réquisitionnés ils y sont tous, enfants, petits-enfants, petits-neveux et nièces. Dès que tu mets la main à quelque chose, tu sens monter le reproche de ces poseurs vieille France, un rien têtes à claques, irré-prochables en tout cas.

Imagine un peu la tête que tu ferais si tu les avais là, face à toi, t'adressant tous le même regard interroga-tif. Imagine la tête que tu ferais si on te découvrait à quatre pattes, le pied-de-biche à la main, explorant les lattes. Pas trop reluisant.

C'est la faute à ces résidences souveraines du bord du bois, avec des terrasses tellement tentantes, tellement faciles quand on y pense... Voilà en gros la teneur du discours que tu te tiens chaque fois, dès lors que tu te mets à gamberger... C'est vrai, quoi, les gens n'ont qu'à mieux se protéger, ou éviter les baies vitrées, tout comme ces colonnes d'eau qu'on fait courir le long des murs, sans quoi c'est sûr, c'est presque plus commode de mon-ter par la façade que de se taper les escaliers.

Rien sous les lattes, rien dans le matelas, c'est sûre-ment que le monnayable est sur les murs. Tu balades ta lampe torche le long du mur, une bonne dizaine de toiles parfaitement incompréhensibles, avec des écri-tures de cochon en bas à droite pour signatures. T'y connais rien à la peinture. C'est à peine si t'es allé une fois au Louvre, et encore, à une époque où tu n'avais pas encore d'arrière-pensées. À cause du P, tu pourrais reconnaître un Picasso, avec le D un Degas, mais ceux-là franchement tu ne vois pas.

C'est terrible de voir ça, t'es là en face de machins dont t'es même pas foutu de jauger, ne serait-ce que par intui-tion, si ça vaut une vie de salaire ou un demi-pression.

Qu'importe, t'emballe. Avec le cutter t'essaies de faire ça proprement, en respectant le travail de l'artiste, avec le regret toujours de devoir laisser les cadres.

Et c'est là que tu refais le coup du remords, le vieux ressort chrétien, face à un Christ en croix, une vieille croûte où le Messie se répand dans la douleur. Chez toi le sentiment du coupable te fauche toujours en plein cœur de l'action, cassant net toute intention. C'est plus fort que toi, dès que tu mets la main sur quelque chose, que ce soit une salière ou un faux Rembrandt, faut chaque fois que la petite voix te dise que c'est pas bien. Après tout tu devrais y être habitué. C'est même plutôt bon signe d'avoir des scrupules, ça devrait te rassurer sur l'état de ta conscience, le sursaut de morale qui couve quelque part en toi, mais ce coup-là, face au Messie figé dans la pause, là franchement ça confine à la question de fond.

Des dix commandements tu n'as jamais vu que le film, de mémoire il ne t'en reste rien, sinon des barbus à sandales et des grands murs en drap, mais pas de doute que dans le topo il devait y avoir un couplet sur le cambriolage, sur la mocheté de la chose, le genre de sermon qui globalement doit dire que c'est pas bien de faire ça. À partir de là, rien à faire, tu butes. Tu ne t'agenouilles pas devant le machin mais au fond de toi tu plies un peu.

C'est jamais bon de se poser des questions, ça coupe les bras et ça plombe le moral, à la limite ça te flanquerait des prémonitions. La voiture banalisée en bas des gouttières et les flics à blouson, le gyrophare aux oreilles et les paluches pincées dans le dos, l'inconfort général qui découle de tout ça, d'avance tu t'y vois. C'est jamais bon signe les prémonitions.

Alors une fois de plus tu sonnes la retraite, tu procèdes au repli en faisant le coup de l'alarme, le curieux fil qui n'était pas prévu, la cellule que personne n'avait vue, sauf toi. Là encore, il faudra redescendre dare-dare, avec trois fois rien dans le fond, sinon la gratitude des deux autres, bien conscients qu'une fois de plus tu viens de leur sauver la peau. Faut le dire, t'es une sorte de sauveur pour eux, celui grâce auquel le pire est évité chaque fois, et même si t'en es pas encore à racheter leur faute ou à les enduire de rédemption, il n'empêche que jusque-là tu désamorces chaque fois leurs conneries.

C'est déjà pas mal.

N'est pas Messie qui veut.

Seul au monde

Devant toi le chemin est parfaitement dégagé, un petit vent frais atténue ce franc soleil, sans quoi tu pourrais légitimement te dire qu'il fait trop chaud. Il y a aussi la grâce de se savoir en congé, le pas lent, la démarche entamée par aucune contrainte, au point que tu en as même quitté tes chaussures. Sous tes pas l'herbe se déroule comme un velours, doucement elle te chatouille, dans la magie de l'instant ne te vient même pas la crainte de marcher sur je ne sais quoi, tu ne redoutes même pas une ronce toujours possible, un quelconque piquant. De toute façon aujourd'hui, quoi qu'il se passe, tu le prendras bien, tout ça parce qu'il fait beau, que tu as une nature grande ouverte devant toi, à perte de vue, et que tu sais goûter à la volupté de s'y enfoncer.

L'ivresse vient peut-être aussi de ce que tu as enlevé ta chemise, qu'elle flotte autour de ta taille, comme au temps d'avant, au temps de l'insouciance, tout en vacances. Quant au pantalon, tu l'as sur l'épaule. Pourquoi l'épaule ? Tout simplement parce que tu n'avais pas prévu de faire une si longue balade, et qu'en fin de compte l'envie t'est venue de l'ôter à mesure que tu progressais sur ce chemin. Alors, pour ne pas différer ce pur enchantement, tu n'es même pas repassé à la maison te changer.

L'harmonie vient aussi de cette quiétude qui émane du décor. Autour de toi la campagne est parfaitement solitaire et inexplorée. Chaque arbre est un rideau, chaque bosquet un paravent. N'eût été cette pudeur inscrite en toi, sans doute que tu marcherais tout nu, à poil, oui, mais ta propre nudité t'incommode, et le slip te va mieux.

Tout de même, tu es bien conscient que tu dois être cocasse à voir, pas commun en tout cas, un homme en slip sur un sentier. Le caleçon irait mieux.

C'est alors que tu épaules ta paire de chaussures, toutes deux reliées par les lacets, que tout au fond du chemin là-bas, au plus loin de ce que tu peux en voir, une silhouette apparaît, l'immanquable promeneur du sens opposé. Le mieux serait de te rééquiper vite fait, de déficeler les chaussures et d'enfiler le pantalon, quitte même à ne pas remettre les chaussettes, à en fourrer le maximum dans tes poches, mais cette présence avance vers toi plus vite que tu ne vas toi-même, parfaitement perturbante.

Se rhabiller devant lui, lui offrir le spectacle de ton strip-tease inverse, t'afficher dans le péril d'un équilibre instable, ça manquerait de classe.

Que t'es con. Après tout ce type-là est tout ce qu'il y a de courtois, de civil et de discret, peut-être même qu'il s'agit d'un mec bien, suffisamment large d'esprit, et qu'il poussera la délicatesse jusqu'à t'ignorer.

Il n'est plus qu'à vingt mètres. Resterait à détaler dans un bosquet comme le font les lièvres. Ce qui est sûr, c'est que tu ne couperas pas au bonjour, une quelconque civilité, tu projettes même de la formuler avec un air aussi dégagé que possible.

Le pire c'est qu'il répondra, qu'il entreprendra la conversation sous prétexte de la douceur de l'air. Là-dessus tu as déjà la riposte, il suffira de dire, sans même marquer un temps d'arrêt : n'est-ce pas. Ce qui serait bien, ce serait de le dire dans un petit rire, une connivence, et de continuer ton chemin tranquille, de retrouver le doux zéphyr sur ta nuque, de humer cette nature pacifiée.

Apparemment, le bonhomme a l'air correct, pas le genre à faire des remarques. Peut-être même qu'il s'en fout.

Maintenant qu'il n'est plus qu'à cinq mètres, tu es sûr d'une chose, ton bonjour, tu ne lui diras pas avant qu'il l'ait dit lui-même, il n'y a pas de raison. De toute façon, ce monsieur-là, avec sa canne de bois précieux, sa prestance un rien désuète, pas de doute qu'il le fera en premier.

Ce coup-ci ça y est, il te croise, sans un mot, sans un regard, à croire qu'il ne t'a pas vu, que tu es à ce point dérisoire, dédaignable... Quand bien même y aurait-il autour de vous des hectares de rien, le panorama vide d'une nature déserte et plane, même au milieu de ce désert-là, il ne te voit pas. Le con.

Eh ben, on ne dit plus bonjour ?

TABLE

6748

Composition Chesteroc Ltd
Achevé d'imprimer en France (Malesherbes)
par Maury-Imprimeur le 4 novembre 2011.
Dépôt légal octobre 2007. EAN 9782290324332
1ᵉʳ dépôt légal dans la collection : octobre 2003
N° d'impression : 168787

Éditions J'ai lu
87, quai Panhard-et-Levassor, 75013 Paris
Diffusion France et étranger : Flammarion